郁金香书系

爱玛的想象
读书·写作·哄孩子
Together with Emma
Reading · Writing · Baby-sitting

朱虹 著

南京师范大学出版社

目录

我的本色的"女性主义"

我的本色的"女性主义" / 3

关于"性别"的"敏感" / 15

我与哈佛—燕京
——从《美国女作家短篇小说选》到《中国当代女作家散文选》/ 20

遇罗锦,一个实话实说的女人
——在波士顿大学教书侧记 / 41

这里有真金
——记美国女作家格雷丝·佩莉 / 49

妇女文学
——广阔的天地 / 60

崇敬与怀念

记两个文化巨人的会见 / 73

我的老师朱光潜先生 / 76

忆师长:两道伤口 / 82

我的最爱

阅读与超越
——读《傲慢与偏见》第一章 / 93

禁闭在角色里的"疯女人" / 102

《简·爱》与基督教《圣经》/ 113

英国19世纪小说中的临终遗嘱问题 / 130

市场上的作家
　　——另一个狄更斯 / 146

读书·写作·哄孩子
读英国的散文
　　——文学园地里的"孤儿院"/ 169
他在等什么？
　　——我读哈金的《等待》/ 183
听衣裳讲那百年的故事
　　——读袁仄、胡月著《百年衣裳》杂感 / 192
三十年辛劳结硕果
　　——读谢玉娥著《性别·习俗·文化——转型期有关问题的考察备案》/ 198
说不尽的哈姆莱特
　　——祝贺英国老维克剧团首次访华演出成功 / 204
悲剧英雄寇流兰
　　——观北京人艺演出有感 / 208
"黄颜色"的联想
　　——看话剧《哗变》/ 215
爱玛的想象 / 222

跋 / 228

我的本色的"女性主义"

我的本色的"女性主义"

我1953年从北大西语系毕业,被分配到当时还设在新北大燕园内的科学院哲学社会科学部文学研究所西方文学室(社科院外文所前身)当实习员,导师是卞之琳先生。同时在西方室的高级研究人员还有潘家洵、李健吾、杨绛、罗大冈、罗念生、缪朗山各位前辈。提起这些名字,都是学术界的名家,可惜由于我的幼稚无知和时有动荡的社会环境,我错过了向他们讨教的宝贵机会。

我是按照国家的统一分配方案被指定到文学所的。同班同学有的被分配到外交部、外贸部和高等学校,还有的到朝鲜三八线,据说是在甄别俘虏的工作中担任口译。多少年后,我在英国的肯特大学,偶然提起当年我们全班同学在一个大教室里屏住呼吸,聆听领导一个一个地宣布每个人的去向,几位年轻的英国朋友好不羡慕,连说

"我们要是有人给分配工作多好哇!"但我自己当年并不认可,也不知道文学所是个什么去处。我一心想做中译英,在毕业分配表上填的第一志愿是外文出版社,但是没有被接受。我一直引以为憾。去年九月在中美作家论坛上碰到了外文出版社的负责同志,竟找他算1953年的那笔老账,他连忙说:"1953年我还没有出生呢!"

被外文社拒绝后,我又被人大拒绝。材料转到刚刚筹建的文学研究所,"政治不好,身体不好,英文好",何其芳所长拍板,收下我了。多年后,当时参加文学所筹建工作的杨耀民同志告诉我:"政治不好"一指家庭出身不好,二指我说过喜欢陀斯多耶夫司基,不喜欢高尔基(什么情况下跟谁说的我都记得一清二楚)。"你真运气",杨耀民感慨,并鼓励我要认真努力,珍惜这个难得的机会。1953年9月23日,我到文学所报到上班,距离我的二十岁生日还有两个月。何所长找我谈话(他跟每个年轻的实习员都谈话),要我"学理论,读名著,积累资料,放长线,钓大鱼",谈了整整四个小时,我终生难忘。

在此我要插入一段我考大学的往事。上个世纪40年代初的天津是日本占领区,学校一律开日文课。我的生父曾留学美国,要我学英文,于是把我放在天主教的住宿学校。不知道是根据什么协议,日本占领者不干涉那座天主教圣芳济会修道院附设的圣若瑟女子学校。该校第一语言,即生活和教学语言,是英语,"外语"是法语。我在天津读了六年,后来转到北京的圣心学校,即圣若瑟

北大同学,1953届
(后排左起:潘其俊、贾淑勤、朱虹、张致平;
前排左起:吕婉如、朱雪芹、文美惠、李守仁)

的姊妹校,老师也是圣芳济会的修女。修女老师不懂数理化,除了一点最小儿科的东西,数理化就全免啦!1949年解放,学校关门,修女被驱逐出境,我十五岁,正值高校招生。当时北京解放不久,各大学招生还是按老规矩各招各的,各出各的题、各定各的考试时间,只不过北大、清华、燕京在同一个时间举行考试——你休想把它们的任何一家当做第二志愿!我谎报十八岁,投考辅仁大学英文系,脑子里除了英语,一片空白。面对数理化卷子,不知哪儿来的灵感,大笔一挥,写起了英文作文,"论证"我要学英文,管你什么数理化!多年后,我的老同事董衡巽说:"朱虹呀,你是中国第一个交白卷的张铁生!"进了大学门,我第二年考转学,报北大——考转学没有数理化!

说起我的外国文学研究,很惭愧,尽管有导师和周围多位专家的指点,但我的基础太差,残缺不全的教育注定我是做不好的。按领导的规定,我的"学徒生活"是从阅读英美左倾作家开始的,有一个长长的书单,每读完一个作家集,要求写一篇读书报告。我最早的一篇读书报告是关于美共作家霍华德·法斯特的小说,我批评他粗糙、乏味、瞎编,我没有进行阶级分析,只是读原文,跟着感觉走。这种读书报告当然不及格,更谈不上发表,无异又交了一张白卷。1956年,法斯特脱离美国共产党,我国媒体对法斯特由吹捧转为批判,我的导师卞之琳兴冲冲地把我那篇"三年早知道"的旧文拿到《文艺报》,但遭到退稿。理由是我写的"不是政治批判"。后来卞先生亲自动手修改,我的"处女篇"1958年才得以在《文学研究》上发表。向来处人处事恬淡的卞先生对我破格的扶助,事隔五十年,至今难忘。

与卞之琳师长、作家刘年龄女士

后来,领导改要我用三年时间读莎士比亚全集及其同代作家的作品,包括评论和历史社会背景。多亏燕京大学留下来的藏书,我基本上完成了任务,线放得够长,可惜没有钓出大鱼,愧对敬爱的何其芳同志和导师卞之琳的培养。60年代初,由于萨克莱纪念文章的契机,我的研究方向终于定在英国19世纪小说领域,这本来也是我的最爱,可惜"文革"爆发了。改革开放后,我断断续续凑成一部19世纪小说的论文集子,按照自己的趣味,偏重女作家笔下的女性形象和对女性心理的描写:女性的机智,女性的等待,女性的积怨,女性的复仇……我力推几个在国内被忽略的女作家,如安·勃朗特和布雷登夫人以及威尔基·柯林斯、安东尼·特罗洛普等在塑造女性形象方面有独特成就的男作家。

关于西方文学研究,我从来认为中心在西方(正如中国文学的研究中心在中国)。我们需要通过自己的外语刊物在同一个国际平台上与各国学者互相探讨,共同促进该学科的发展。这种刊物,听说印度都有,为什么我们没有?改革开放以来,我自己在英、美、澳大利亚的刊物上发表过文章,都是评介性的,不能算研究。我以为,我们50年代的人,搞西方文学的,没有受过正规训练,是过渡性的一代,应该"搭桥梁"和作"垫脚石"(当然有例外,我不能以自己的短处强加别人,妄加评论)。此外,当时的研究工作,还有客观条件的限制,如图书的缺乏。以我们社科院外文所来说,订购国外图书,外汇的配额是按

"股"分的，英、美、加、澳、新、爱尔兰等十来个英语国家算一股，看来是按语种分配的。可是东德、西德算两股，看来是按国家分配的？想当年，文学所建所初期，钱钟书先生亲自过问图书，成立了由钱钟书、李健吾等专家组成的图书委员会。后来外文所从文学所分出来，钱钟书先生亲自主持分书，一本一本地分！

我寄希望于80年代后那些受过正规训练的新一代。80年代初，在美期间我曾约钱满素博士一起，向哈佛—燕京学社递交一份倡议，要他们出资在中国办一个外国文学方面的英语刊物，以便我国学者与国外同行对话。答复是这种做法不符合该学社的章程，只好作罢。但当时哈佛—燕京学社主任韩南教授提出，愿意资助出版中国年轻学者的博士论文或新著。出版社方面，韩南教授的首选是社科出版社或北大出版社。可是，他事后对我说，对方都反应冷淡。1992年，哈佛大学举办"性别化与中国：妇女、文化与国家"（Engendering China）研讨会，我拉着与会的三联总编董秀玉到哈佛燕京学社跟韩南见面，他们二十分钟（我当翻译，看着表的）谈妥，由此产生"三联·哈佛燕京学术丛书"，从1994年开始，已出版了七十多种，现在还在继续出版。

80年代初我的主要精力用在从零开始的研究生工作中，起初罗大冈先生任系主任，我是副主任。后来罗先生不再挂名了，我当主任。主任也好，副主任也好，我认定这个工作就是当"垫脚石"。我动员自己的同行，大家一起当垫脚石,为新一代学者铺路。在同事的支持下,我这个没有任何学位的大白丁全面抓起研究生工作:出题、考试、阅卷、面试……没有任何教学条件,开不出课,我满城跑,请人来演讲。我把这叫做"从无到有"。另一方面,有时也搞点"从有到无"。譬如邓力群院长规定研究生人人必读《资本论》,我打报告申请把《资本论》改成《反杜林论》以适合学习外国文学的需要。赶上"清污",我关起门来写报告证明我们的研究生的毕业论文,无论是包德莱尔还是艾略特或是什么别的题目,一概不存在资产阶级之"污"。其实那么多论文,我何曾都读过。后来我知道,不论是《资本论》还是《反杜林论》,同学们多是读辅导读物,上头的规定难不倒这帮年轻人,不劳我使出那些小伎俩。至于"清污",后来也不了了之。我倒是不后悔曾经组织英美专业的研究生检阅开国以来外国文学方面的文章,梳理其三十年来的艰难与曲折,以便他们在更高的起点上去开拓一番新的天地。后来这份总结好像是用集体的名字发表了。

80年代初好像社科院还没有建立外事局,有些外宾的接待工作交给外文所去办,外文所有时就由我做具体工作。最早来访的丹尼尔·艾伦、海伦·万德勒、伯克维契、罗伯特·凯利、唐·斯通等不仅为我们做了有益的讲学,而且还对我们的研究生培养做出了贡献。

哈佛大学美国文学教授 Daniel Aaron 和 Janet Aaron 夫妇

此外我还有幸参加经济学家凯恩·克劳斯爵士率领的英国学术院访华团的接待工作,在邓小平同志接待时,担任了翻译。

80年代对我来说是我的"女性主义"觉醒的年代。思想解放运动使我和许多我的同代人一样,摆脱思想桎梏,学着从不同角度看问题。譬如说,从性别的角度观察和解释周围的世界,套用过去几十年通用的"阶级敏感",我把它叫做"性别敏感",后来在一篇短文《关于"性别"的"敏感"》里,总结了自己的心得,现附于后。

1980—1981,我在美国,开始读一些美国女作家的小说,很喜欢,于是动了一个念头,想把她们介绍给中国读者。当时中美还没有签订什么版权协议,我比较放手地编选了一部《美国女作家短篇小说选》,其中的作品有控

1990 意大利 Bellagio，洛克菲勒研究中心访问学者

诉的，哀伤的，有愤怒的，有哲理的，有嘲讽的，有探索的，当然还有大胆自我确认的，概括起来就是发扬了"女性意识"。许多朋友帮忙翻译，我自己写了一篇前言，于 1983 年由中国社会科学出版社出版。我编这本书的出发点主要是介绍"妇女意识"，引进"性别"视角。就这样，从英国女作家到美国女作家，乃至

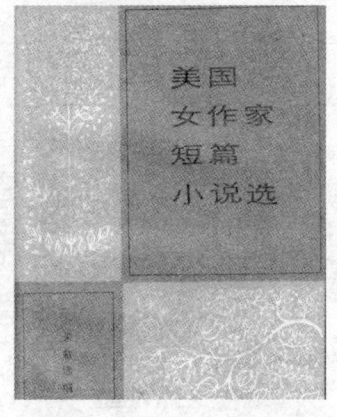

《美国女作家短篇小说选》封面

我的本色的"女性主义" 11

于其他各国的女作家,我喜欢上了女性的写作。

1981年回国后,我发现了我们中国自己的女作家群,并热烈地读起来。这就是我后来编译《恬静的白色——中国当代女作家短篇小说选》(The Serenity of Whiteness: Stories by and about Women in Contemporary China,纽约,1991)和《花的节日——中国当代女作家散文选》(Festival of Flowers: Essays by Contemporary Chinese Women Writers,南京,1995)的契机。我想让外国读者听到中国女性的各种声音,让他们了解中国妇女的状况。除了知名作家如杨绛、冰心、黄宗英等老一代和当红的张洁、张抗抗、铁凝等人,我还选了当时还不大知名的女作家如天津的谷应、江西的胡辛、四川的包川、甘肃的牛震环等。译介女作家,我觉得自己更能在感情、情绪上跟她们产生认同和共鸣。譬如胡辛的《四个四十岁的女人》描写了捉襟见肘的生活和病痛给敏感的女性造成的压迫,不像有些西方古典小说里描写的浪漫悲情,而是由猥琐、卑下的小东西、小事情构成的精神压迫。

The Serenity of Whiteness 封面

与西方女性作品中的某些高亢愤慨有所不同,我的这个集子偏重于"怨"和无声的坚毅。我选的陆星儿的《今天没有太阳》描写几个女人在医院门外排队等待进入屈辱的人工流产机械流程。如果不用心去体会,很难把这种坚毅、隐忍的"怨"在英文里表达出来,我要表达女性每日每时在灶前、在排队中经历的磨炼,在60年代的饭桌上咬紧牙关的自我牺牲,在家庭琐碎的矛盾中习惯于放弃自己,在紧张忙碌中度过一生而没有意识到自己生命的价值。我的集子比较偏重于这种情调。在翻译中,同样一句话可以译成不同的语调,我尽量少用拉丁字根的大字,多用根植于盎格鲁·撒克逊原住民土语的小字,有些小字用得是地方就能出彩。我在翻译《恬静的白色》集子

《恬静的白色》两书评

时比较注意掌握一种隐忍、坚毅的基调。这个集子于1995年获得了作家协会关于对妇女文学贡献的一个二等奖。后来,我偶然在一次会上碰见一位美国的女博士生,她居然根据陆星儿《今天没有太阳》的译文写了三万多字的论文!

张洁的《方舟》迸发出来"女人万岁"的那种张扬我也非常欣赏。《无字》中有一段把"大男人"的小器、卑琐、刻薄写到骨髓里,我曾译过几千字,后来在电脑里丢了,至今深感遗憾。

2011年5月20日——丫丫的生日——于上海

关于"性别"的"敏感"

为什么要加那么多引号？

这里，在性别上加引号是要说明，性别是被当做一个基本范畴来看待的。

在敏感上加引号是要通过一种联想来突出性别的概念。过去不是爱说"阶级敏感"吗？凡事一旦归结到"阶级"，就算说到根儿上了。遇事能很快嗅出其"阶级性"的那种特殊能力被誉为"阶级敏感"。为学习从"性别"角度看问题，培养自己的"性别敏感"，我在这里特用"阶级敏感"的类比，以说明问题。

从性别角度看问题，很多事情的面貌就有了改观，看得惯会变成看不惯，看不惯会变成看得惯。最近在天津召开的一次妇女文学研讨会上，美国著名的妇女运动活动家、女权理论家培蒂·佛利丹在做大会中心发言之前首先就指出,主席台上就坐的多数是男性,而大会主席在做介绍时还把台上的仅有的两位女性给忘了。这大概可以算"性别敏感"的一例吧。无独有偶,在紧接着开的另一个妇女文学研讨会上,开幕式上迎接代表的是"何日君再来"的绵绵之音。我能注意到并提出这一点,大概是从佛利丹那里吸收了一点"性别敏感"吧。

在大连大学女性文学与文化会上发言

沿着这条思路下去,问题接踵而来:看不惯、听不惯的比比皆是。就说历来妇女被授予的"半边天",那么男人不也一样有半边吗?男人为什么不觉得若有所获,不引以为荣,倒反而好像对谁作了让步?这背后是什么?

原来,想当然这世界是男人的,是男人分给了女人一半,所以只有女人欢天喜地庆贺自己得了"半边天",或被告知应该欢天喜地,而从男人的角度看,却是给掉了"半边天",当然谈不上什么可庆可贺的。从性别角度看,"半边天"这种语言本身就带有性别歧视的色彩。

邦廷妇女研究中心主任 Florence Ladd
和波士顿大学教授 Catherine Yeh

再说"中国母亲"、"东方女性"这类提法吧。听多了就习惯了,不介意了,其中暗含的单方面地要求女人奉献、牺牲、自我克制等强加给女人的特质也就自自然然地被接受了。女人的角色就是做母亲吗?女人一生只能为人女、为人妻、为人母吗?离开与她的性有关的功能,女人就没有她自己的角色吗?难道我们的社会和大文化也这样给男人定角色？佛利丹在她的《女性之谜》之后，又写了一本《老年的优势》，提出女性过了更年期，摆脱了与性相关的角色，会经历又一个青春。女人怎样寻找自己，这是长久以来困惑一代又一代女性的问题。冰心说"生命从八十岁开始"，黄宗英七十岁"嬉雪"，张抗抗自己记录自己的生日，自己庆贺自己的生日……她们都在通过艺术形式苦苦追求着女人的自我认定。

　　长久以来，我们习惯于给世界万物都打上一个"阶级属性"的烙印，以此而确认其"本质"。那么"性别"属性呢？世界历史上的阶级何其多，但性别只有两个，是不是更根本、更本质？法国人，还有西班牙人、意大利人不是把他们的词语都分阴阳吗？我们实际上也在那里分了，只是不自觉而已。譬如说，都是闲言碎语，为什么男人是"侃大山"而女人是"饶舌"？"侃"起来海阔天空，有多潇洒，而"饶"起来口沫四溅，卑琐而恶毒。作家谌容的《懒得离婚》里有一个"侃协"，小说男主人公是"侃协"主席。可是有谁能想象出一个女人的"饶舌妇"俱乐部？这语言上的褒贬不是根据性别又是根据什么呢？王蒙有一篇小说叫《女儿国的污染报告》，把搬弄是非的闲言碎语谓之"污染"，指出它破坏人际关系，甚至导致家破人亡的悲剧。破坏性好像只限于女人的"饶"——远的不说，近半个世纪以来的家破人亡难道都是女人的舌头饶出来的？我们正在那里对事情进行"性别化"，只是不自觉而已。电视节目里公开讨论女人"嫁得好不如干得好"还是"干得好不如嫁得好",我们的社会发展到今天,怎么出现了这个问题? 从"性别敏感"的角度去看,我们周围的污染是不少的,只不过不见得都来自女人。

"性别化"的视角也就是我们常说的"世界观"问题,即观察、分析、描述的方法与语言,它不是女人在为自己争什么。在多元化的世界,从"性别"视角对民族、历史、文化、传统、家庭、婚姻、观念、语言等进行解构,重新认识其"本质"……这是扩大视野、创造新知识、解放思想必不可少的一个方面。过去有个"把脑袋别在裤腰带上干革命"的说法,借用这个脑袋的比喻,采取性别视角可以说是提着自己的头发——女人不是头发长吗——离开地面,离开那个像空气一样习以为常的传统文化、观念、习俗的地面而重新审视世界。

原载《出版广角》1995 年第 5 期

我与哈佛—燕京
——从《美国女作家短篇小说选》到《中国当代女作家散文选》

我总觉得自己与哈佛—燕京学社（Harvard-Yenching Institute）有缘分。1979年年末，美国第一个人文学科的代表团访华，其中两位汉学专家——伯克利的白芝与哈佛的韩南两位教授——要求会见诗人冯至和卞之琳。二位长者恰好都在外国文学研究所，一位是我们的所长，另一位是英美室主任。他们要我跟着一块儿去，以防临时需要翻译。谈话中间，韩南教授夸了我的英语口语，又问："你怎么不去美国访问？"我一愣，反问句："Is it up to me?（这由得了我吗）"没想到，这一问一答竟成了我去哈佛—燕京学社所必须通过的"面试"。

我是哈佛—燕京学社在与中国中断联系三十年后的第一批访问学者之一，另外三位是复旦的倪世雄和南大

哈佛—燕京学社主任 Albert Craig
和 1980 届中国访问学者倪世雄等人

的杨治中、杨仁敬。在这之后,我得到过多项研究基金,在英国、美国、澳大利亚、意大利的研究中心都待过。但哈佛—燕京学社是我经历过的第一个,时间最长,印象最深。1980年初到美国,闹了不少笑话。有一次,当时还在哥伦比亚大学执教的 S. 伯克维教授和几位朋友请我吃饭,席间他们问我最喜欢美国什么,我说最喜欢美国人尊重别人的"privacy"。他们又问我最不喜欢什么,我一愣,脱口而出:"最讨厌美国人分手时说'Have fun! Enjoy yourself'。活着就是为了'开心'吗?"他们哈哈大笑,分手时偏要冲着我说:"Enjoy yourself! Have fun!"我想起了美国精神中的"tolerance"(容忍),自己禁不住也笑了。

与哈佛—燕京学社主任，汉学家 Patrick Hanan 与 Anna Hanan 夫妇

哈佛—燕京学社为我们这些初抵美国的人想得很周到。当时负责项目协调的 M. 史密司女士不仅替我们找房子，带着我们办理各种繁杂的手续以便我们早点安顿下来，而且还专为我们安排各种参观访问活动，帮助我们了解美国。如有一次她带我们去旁听法院的庭审，那是我一生中唯一的一次坐上法庭旁听席的体验。至于 M. 史密司的助手，汉学家史碧荃女士，她对我们这些从中国来的"土包子"更是关心备至，有求必应。从 1980 到 1981，在哈佛—燕京的一年给我留下了美好的回忆。也正是这个访问学者项目帮我打开了眼界，扩展了学术视野，在一个关键的时刻给了我新的动力、新的目标，虽然当时我还没有完全意识到。

哈佛—燕京学社办公室主任史密司女士（现为 Mrs. Kuhn）带我去肯尼迪图书馆

Dr. Beatrice Spade 哈佛大学博士，现为南科罗拉多大学历史系教授

1980年秋我是带着撰写《美国文学简史》现代戏剧章节的任务来到哈佛—燕京学社的。我选了 D. 艾伦教授的"美国文学导论",这是哈佛大学文学系最"叫座儿"的一门大课,上百人挤在大教室里,讲课往往在学生的掌声中结束。这一年为我打开了美国文学的纷繁世界,但

与哈佛大学美国文学教授 Daniel Aaron 及夫人 Janet Aaron

从自己的业务基础和爱好来说,19 世纪英国小说在我的心目中仍然占据首要地位。1980 至 1981 年间,我在哈佛旁听了好几门这方面的课程。J. Buckley,R. Kiely 等都是卓有成就的专家。我听他们的课,后来成了朋友,经常跟他们交谈,获益匪浅。安·特罗洛普就是我那时发现的。可怜的特罗洛普,他的名字无缘出现在马恩的书信文字中,于是很长时间在我国的外国文学研究中备受冷落。我虽然过去读过特罗洛普,但真正读出点味儿来还

是在哈佛—燕京的这一年。同样,W. 柯林斯也是我这时"发现"的。对于这位历来被贬为"通俗作家"的柯林斯,我悠悠闲闲地在他的小说之林中漫步,不带偏见也不抱什么目的,结果竟发现了一个反主流文化的奇人,一个维护女权的时代先驱。多了一个特罗洛普,多了一个柯林斯,我的英国小说图景整个改观了、调整了、丰富了。至于我本来就熟悉、热爱的奥斯丁、勃朗特、艾略特等作家,在我接触了新的批评、新的理论,打开了视野之后再拿起文本,就更体验到了重新发现的喜悦。后来,我接着听课、与学者交流、参加"奥斯丁联谊会"等民间文学组织的活动,自己也应邀作过演讲,兴致勃勃地投入。当时国内的外国文学正是"美国热"、"现代热",但我坚信 18、19 世纪英国小说的普遍意义和审美价值,在自己的研究中毫不动摇。

著名美国汉学家 Merle Goldman 和 Joseph Fewsmith 教授

也正是这一年在哈佛—燕京读书、听课、交流的收获,使我回国后得以坚持19世纪英国小说研究并于十年后的1990年应哈佛大学成人夜校和暑期班之邀,连续三年开设英国19世纪小说的专题课。我能教书吗?我大学一毕业就被分配到研究所,从来不知道教书的甘苦。没想到近花甲之年,倒在美国开始"学"教书。我的情况引起了哈佛校刊记者的好奇:怎么搞的,"红色中国"的老太太给美国学生教英国19世纪小说?他采访我,在校刊上发表了一篇特写。对于教书,我真有一种"顿悟"之感:站在讲台上,面对着一班学生,简直就是一场表演,而且每一天每一堂课都是一场新的表演,是重复不得的。没有研究,顶得下来吗?能对付学生的当场提问吗?都说研究文章有影响,但我反问自己,你要是教不了一班学生,还谈得上所谓影响"广大读者"吗?我的体会是,教书是硬功夫。教书也带给我很多新鲜感。我喜欢学生的挑战,它像磨刀,防止我的脑子生锈。要是没有在哈佛—燕京当访问学者的种种经验,我是不会鼓起勇气站上讲台的。而我之所以能坚持十二年之久,前后开了十来门语言、文学与电影的课,举行多次讲座,还要感谢波大同仁的热情支持。

哈佛校刊采访的报道

1980 至 1981 在哈佛—燕京的这一年对我的重要性,还在于我这时"发现"了女性主义,起点仍然是英国文学。我在哈佛—燕京时读到了当时很有影响的一本书——E. 肖华尔特的《她们自己的文学》。她谈的是英国女性文学的传统,但对于我的启发不止于英国,也不止于文学。我一直朦朦胧胧地感到,除了阶级的观念外,还有其他的角度、其他的范畴、其他的语言可以用来观察和描述我们的这个世界。从性别的角度一想,很多事情的面貌就改观了。我想,这就是"妇女意识"吧。

韩南教授"面试"我的时候,我早已超过了访问学者的年龄限制,只因当时的特殊情况才被接受为哈佛—燕京学社在与中国恢复关系之后的第一批访问学者。我是赶上了最后一班车。我要永远感谢哈佛—燕京的是,正当我们的社会在转型而我自己也面临"选择"的时候,那一年的积累发挥了作用,为我打开了新的空间。这指教书,更主要的是指我近十年来陆陆续续从事的中译英翻译。

进入80年代,有两种现象特别触目:其一是我们国内各大小出版社对外国文艺作品的大量译介;其二就是我国文艺地平线上出现了一大批风格各异、各具独创性的小说家、诗人、剧作家、评论家,可是除了少数汉学家之外,西方读书界对他们知之甚少,出版商还不肯在中国文学上投资。当时有不少中外作家都指出了这个现象,于是我有一种冲动,想做点中译英的尝试,把中国作家的作品介绍到国外,实现四十年前未了的夙愿。但从哪里入手还是个问题。

1986年,我恰好得到了哈佛大学英文系的邀请。他们有一个特别的项目,叫做"美国文学——国际展望",专请美国以外的学者赴美举行三次讲座。我的题目是《美国文学在中国》,但我主要是借那次机会讲了一点我对当代中国小说的心得。为了帮助听众的理解,我译了贾平凹《人极》和张贤亮的《肖尔布拉克》,复印了在会场上散发。会后有听众感叹说,没想到中国现在的小说这么有意思,真应该在美国翻译出版。我受到启发,在取得了原作者的授权后,译了八个短篇,其中包括王蒙、王家达、朱小平、唐栋、贾平凹、张贤亮的作品,凑成了一部《中国西部小说选》(The Chinese Western Short Fiction From Today's China),1988年在巴兰挺(兰登的一个分公司)出版,后来再版了两次。

The Chinese Western Short Fiction From Today's China 封面

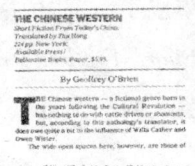

《中国西部小说选》的书评

这是我第一次出版中译英的翻译。在中译英这个行当里,我是迟到者,从我 1953 年毕业填志愿要去外文出版社到那时,已过了三十多年。我读翻译作品,包括外文出版社介绍中国作家的翻译作品,慢慢琢磨其中的奥妙。譬如说,我自己第一次拿到校样,发现译文被出版社的编辑删去了不少,而被删去的多是关于中国独特的政治生活的一些描写,编辑可能是从阅读效果出发,怕美国读者不理解。我后来发现,外文出版社翻译出版的中国古典和当代名作,译文也都有简略化的处理,甚至删节。仔细查对,我发现被删节的多半是原文不够简练,没有留给读者想象的余地,或是个别地方不合西方读者的阅读习惯。我在澳大利亚听过当时澳大利亚国立大学中文系主任詹纳尔教授关于翻译问题的报告,主要是介绍他译《北京人》的经验。张辛欣的《北京人》有不止一个译本,而詹纳尔的译本有大量的剪裁、编辑。我第一次领悟到,我们中国作家的作品,固然必须有中国的特色才能吸引国外的读者,可是另一方面,译品也是一个产品,向国外推荐时也必须考虑到国外读者的阅读心理和接受能力。《中国西部小说选》出版后反响较好,被英国买了版权,改了封面,用《苦水泉》(*Spring of Bitter Waters*)的标题重新出版。我1989年到了英国后有人送了我一本,我才知道有这么一回事。后来这本书又被转译成印尼文,在雅加达出版。这也是我万万没想到的。我要在这里再次向所有给我授权的作者——王蒙、

***Spring of Bitter Waters* 封面**

张贤亮、贾平凹、王家达、唐栋、王小平——致以最诚挚的感谢,感谢他们支持我实现了几十年未了的愿望,我终于开发了自己的一片小小的翻译园地。

1990年,我利用业余时间自选自译了一本我国当代女作家短篇小说集《恬静的白色》,我在《我的本色的"女性主义"》一文中有介绍。

1990—1991年,我得到美国人文研究中心(Humanities Research Center)的基金,住在北卡州的一个小城做研究,在当地也不认识什么人,只自己闷头看书。偶然得到一份美籍华人作家刘年龄女士主编的《秋水》杂志,看到王蒙的《坚硬的稀粥》,我立刻感到,从翻译的角度来看,这是一块难啃的骨头。单是标题就很麻烦,更不用说通篇那似是而非、似非而是的语调,于是我动手试着翻译。标题就想了好几天。严格来说,也许"粥"译为"congee"最接近原意,西方读者会立刻联想到中国餐馆的"皮蛋瘦肉粥"之类,而我就是要避免这种实感,因为"坚硬的稀粥"不是一个"实"的故事。我最后决定用"porridge",觉得它更能表达原作追求的普遍性。至于"坚硬"的译法,我首先排除了"hard",经过许久跟英文字眼儿较量,我抓到了"stubborn"一词,觉得它可以使这"粥"活起来,于是标

The Stubborn Porridge and Other Stories 封面

题就定为"The Stubborn Porridge"。《坚硬的稀粥》通篇语调的掌握也是个难题。例如,重孙(故事叙述者的儿子)打倒"粥"的歇斯底里叫嚷,还有"姑爷"动员这一家人参加"民主选举"的滑头演说,都是翻译上的难点,其风格令我想到很多年以前看过的18世纪美国作家,《睡谷传奇》的作者华盛顿·欧文的《纽约外传》,一部极端夸张而滑稽的伪历史。我采用了不歇气的长句子和有失比例的大字眼儿去表达原文中那股夸张、机巧和滑稽模仿的傻劲儿。现在回忆起来,可以说《坚硬的稀粥》是到现在为止我已翻译出版的几十万字中最吃力的一篇。

《坚硬的稀粥》的书评

说来也巧,我的初稿刚完,便有纽约的《巴黎评论》给我打电话,说他们从来没有介绍过中国作家,问我除已出版的译作以外手头还有没有东西。我说你们早就该介绍中国作家了,就把我刚刚译出的 *The Stubborn Porridge* 给了他们,因为出版周期慢,这篇东西是1992年发表的。该期《巴黎评论》引起纽约一家出版社的注意,巴西里耶出版社提出要出王蒙的短篇小说选,收入《坚硬的稀粥》再配上其他作品,稿子要得很急。显然,他们想在中国文学翻译这个刚萌芽的市场里试试水,于是我手忙脚乱地确定选题、组织翻译。1994年,中外译者通力合作赶译的《坚硬的稀粥及其他》在纽约出版。这次对我来说是一个很好的学习机会,十来篇选题,从翻译的角度看,可以说处处有暗礁。如《冬天的话题》里,关于"沐浴学"的辞藻撒野似地奔腾于纸页上,简直不可收拾。可是该篇的译者创造性地接受了作者的挑战:她套用莎士比亚,以"to bathe, or not to bathe"把哈姆莱特的"活下去,还是不活"变成了"洗澡呢,还是不洗"。小题大做,获得了绝妙的喜剧效果,译者 Cathy Silber 的技巧由此可见一斑。我读别人的翻译,总能学到东西。

我做翻译,时时感到语言的挑战。我过去读19世纪英国小说,阅读量大,一本小说几百页、上千页是常有的,而一位作家有十几卷、几十卷作品也不稀奇。为写一篇评论要看那么多书,当时觉得是个烦恼,现在弄起了翻译,倒觉得语汇库存量总还有点优势吧。但是真正拿起笔来,这种自信很快就消失了,语言总是觉得不够用。我深感自己语言老化,跟不上当前词汇的发展,于是学口语,从电视、电影、小说里学,从生活中学,向自己的学生学习。跟朋友们聊天,我常常不顾礼貌,打断人家的话:"等等,等等,你刚才说什么来着？是怎么说的?"赶快拿出随身的小本子来记,要是忘了带本子,就写在手背上。我的小本子已攒了好几册,但是我记下的成语、俚语,能随时派上用场的却不多。说到底,语言这东西还在于长期的、大量阅读形成的积累。有了语言库存,用的时候它有时会自己会跳出来对号入座！我只能说是"有时",因为另外一些时候,你越找它,它越跟你捉迷藏。据自己有限的中译英的经验,翻译中最考验语言功夫的是要掌握住"叙述人"的语气,如《坚硬的稀粥》的夸张,如一些女作家笔下的隐忍,如李晓小说中的冷峻。这不仅仅是词汇量问题,而是要准确地抓住意味和联想,要使读者在眼睛读着文字的时候,仿佛耳朵能辨出叙述人的声调。为了翻译某一作品,我在无奈中有时去读英语文学中同一风格的作品,以进入其语流,从中得到借鉴。

此外,涉及中国当代生活(特别是政治生活)中的词汇,也是中译英中的难点,如"离休"、"退休"、"贫下中农协会"、"劳动锻炼"、"劳改"、"劳教"、"摘帽"、"改正"、"解脱"、"平反"……没有在中国生活经验的外国人很难掌握其中的微妙区别。有人也许觉得没有必要那么"较真儿",可是作者若是讽刺某人纠缠于离休退休的待遇,那么弄不清二者的区别就没法翻译这部作品。再如,"贫下中农协会"、"贫农"等词在当代作品中还是时常出现的,而外国读者看到"poor"一词就自然想到"贫穷"、"可怜",哪里知道一个"贫"字在特定条件下可能带来的政治优越感与实惠。当然,作为中国人,即令懂得这些词的含义,也还得推敲怎样表达得得体,不至令人感到累赘,乏味,甚至引起误会,如"精神污染"译成"spiritual pollution",西方读者容易联想到30年代德国对这同一个词的使用。

中译英的根本问题当然还是表达问题,怎样把英译文写得像英文,使人读来像英文,念出来听上去也像英文。这方面,似乎某些外国译者有优势,英语是他们的母语。但是若掌握不住原文的风格、语调、气氛(且不论对中国社会的了解),那么外国翻译者的优势也发挥不出来。加拿大的麦克尔·杜克先生翻译苏童的《米》和另外两个中篇合集出版,该译本在权威的《纽约时报·书评周刊》上受到严厉的毁灭性的批评,说其翻译的语言别扭、笨拙,白白把苏童糟蹋了。对中国文学在西方的译介,这显然是一个挫折。我们的翻译评论不够发达,也没有几家专门的刊物。倒是上海的《东方早报·书评周刊》上我偶然读过几篇翻译评论,那真是下笔有根有据,使人即使没有读原文和翻译,仅看评论也有所收获。

90年代中期我的一个翻译项目是中国当代女作家散文选,英译名借宗璞的一篇散文标题,定为《花的节日》(*Festival of Flowers*),原文是《花期节的纪念》。原拟只收宗璞、张抗抗等三五位作家,每人十多篇,后来入选的作家面更广一些,每人的篇幅、字数都相对少一些。对我来说,《花的节日》又是一个挑战。我当时正在编选《英国散文选》,遍读英国散文,对散文体所要求的内在统一性有较深的体会。我知道,散文,正因为它短而精,比小说更难译,加上时间紧迫,我请了一些朋友参加翻译,四十八篇散文由二十八位译者分担,有英、美的汉学家,有国内的翻译家,我自己把

***Festival of Flowers* 封面**

译文通读一遍,作了一些修订和删节,趁我人在国外之便,征求一些外国的文学专家的意见,力求译文"像英文"。

散文难译,*Festival of Flowers* 的译者们对许多难点的处理都给了我启发。就以标题为例,译者张丽清女士把张抗抗的《出售与投资》一文的标题译为 *A Matter of Pride and Price*,保持了两个词的叠音与对称,再配上那透着一股轻蔑的"a matter of...",这标题的译法真是巧妙而又不无讽喻地点破了主题,使我深深佩服。这只不过是一例而已。散文难译,而要把散文编成一个集子,就有更多的问题要处理,特别是考虑到中外两种文化心理的差异、两种语言习惯的差异,必须作若干变通、繁简的

处理,尽我们所能把这一组女作家的散文佳作编译成一个完好的整体献给世界妇女大会。当时,所有的作者、译者都放弃版权和稿酬,以支持这件有意义的事情。*Festival of Flowers* 定稿后,出版碰到了问题。我想起了在美国时,曾看见《纽约时报》上报道南京的译林出版社出版了《英译中国现代文学丛书》的消息。我找了《译林》的主编李景端同志,在他的大力支持下,*Festival of Flowers* 一个月内赶在世界妇女大会前夕出版了,还获得了一个图书奖。

《花的节日》部分书评及获奖证

Festival of Flowers 出版后反应良好,但也出现了一点意外。有位赵武平先生署名著文提出译文的七大罪状。听说是我们英文专业的同行,我认真对待,托一位出版社的资深编辑替我请一位我不认识的英文专家亲自评审赵先生提出的七大罪状。该编辑同志请了某大学一位教授,不管是谁吧,反正我也不认识。评审的结果出来了,说七大罪状中有五条属于"一字多义"!有一条是我对原文的删节(被批为"译不出来就删")。这段删节,是我在美期间跟学界朋友商量过才做出的决定,我自有道理,心里很踏实。那位教授还捎信儿说,要他评审的七大罪状中"只有一处硬伤"——把燕园的"钟"译错了。我想,共有二十八位译者,都署名,为什么把罪状都扣在我一个人头上?可是后来我想**幸亏**赵武平先生把罪状都扣在我的头上,因为那唯一的一块硬伤是出在一位自幼就移居美国的美籍华人作家笔下。老太太常来中国,在作家圈子里有许多朋友,若在中国的刊物上被点名批评,她会很伤心的。

"七大罪状"的小风波给了我一个启发:应该出版中英对照的译本。于是

《嬉雪》封面

我找了商务的周欣同志合作,在 Festival of Flowers 基础上扩大选题,改用黄宗英的《嬉雪》(A Frolic in the Snow)为书名,由沈昌文同志帮忙联络,在辽宁教育出版社出中英对照版。

我为什么在《我与哈佛—燕京》这样一篇回忆里谈那么多翻译？我1953年大学毕业就想做中译英的翻译,但工作分配到研究所,从此无缘翻译工作。1980—1981年,我在哈佛—燕京做访问学者期间有了较多的时间和空间开拓、扩展自己的业务领域,于是在三十多年之后第一次做起我向往已久的中译英,开始是从兴趣出发,后来也通过代理人接受美国出版社的约稿。我基本上还是从兴趣出发,所以现在手头还有不少尚未出版的译作：张弦的、刘庆邦的、李晓的。特别是李晓的作品,没有出版社约稿我也照翻,只因为喜欢,所以现在手头有不少存稿。而所有这一切都是在哈佛—燕京那一年开始的。

我庆幸自己跟哈佛—燕京有缘分,1980至1981的那一年在很大程度上决定了我后半生的道路。我没有什么值得骄傲的,只不过我把握住了那次机会,所以也没有什么后悔的。这几年来,我一年总有几个月时间在美国,依然要感谢哈佛—燕京的关照,使我在波士顿期间的生活过得有意义——他们为我办了一张哈佛大学图书馆的借书证。

原载《含英咀华》（外语教学与研究
出版社,2000年），本次收入有修改

遇罗锦,一个实话实说的女人
——在波士顿大学教书侧记

任波士顿大学客座教授十二年,2005年1月退休

偶然机会,在《作家文摘报》上读到王丽英著,原载《法律与生活》上的《遇罗锦:一个女人与一个时代》上篇的选登。虽然只是一个片断,它却勾起了我的许多回忆。

　　90年代,我应聘在美国波士顿大学开设"中国小说选读",教材选用国外出版的译文,用英语授课。当时波大设立了多国的"小说选读"课:法国、德国、意大利、俄罗斯、日本……我补了中国小说的空缺。按规定选课的人数不到六人就暂不开课,但我的课开得很顺利,学生来自文、理、工、医、商各系科,显然是对中国有兴趣。我陆续开设了一些新课:中国古典小说选读、中国当代小说选读、中国电影。为了开电影课,我采访了国内的几位知名导演,自己还旁听了两门意大利电影和法国电影课。过了几年,我决定增设一门新课,一个对我来说更贴心的题目——"中国女作家作品选读"。

采访张艺谋

采访姜文,电影研讨会上

采访田壮壮、陈晓东

采访张扬

采访张元

"中国女作家"一课很受美国学生的欢迎,课上课下的讨论非常热烈。《呼兰河传》体现的那种女性的敏感和在大自然中的欢悦,以及萧红对弱者的爱与理解都感人至深。作者甚至在小人物的病态状况中能发现美、能挖掘幽默。这一切,再加上萧红本人的身世,令学生对她和她的作品着迷,有的读书报告写得很动情。再有张爱玲《金锁记》中的七巧,她的欲望、她的奋斗、她的无奈……都使学生感慨不已。而丁玲的莎菲女士的女性视角把周围环境中的卑琐暴露无遗,以致最后,莎菲用男人看女人的眼光去看男人——似乎只有这样才能把男人看透、说透!在另一个层面上有杨绛《干校六记》的平易、低调、超脱,学生们在淡淡的幽默中还察觉到同样淡淡的轻蔑(当然不是对农民)……张爱玲的深邃,丁玲的泼辣,杨绛的优雅,此外还有张洁的激情、徐坤的俏皮、刘西鸿的"拒绝改造"……我的学生(不限于女生)都读得非常投入,总有他们自己的惊喜和发现。但是,比较起来,在本课入选的女作家作品中,遇罗锦的《一个冬天的童话》给学生们的震动最大。她全家的遭遇,她的入狱,她为生存一次次地结婚,为追求幸福又一次次地离婚,她的坦诚,对自己的动机、自己的"罪责"都毫不掩饰的坦诚,乃至她的出走,最后几乎弄成了奥威尔式的 nonperson——所有这一切都像一部政治传奇,给我的美国学生很大的冲击。

我退休后，波大系主任 Katherine O'Connor，办公室主任 Frances Heaton 以及老友 Carol Meuser，Tom Landy, Marya Danihel 等来中国旅游

遇罗锦好像天生是个作家，从小不停地写，"文革"中因日记而获罪入狱，狱中接着写，把日记藏在鞋子里。后来身处结婚、离婚的"丑闻"她还是写。她以写作来抒发、来倾诉，写作是她生活的意义所在。在写作中，她实话实说，不自觉提出了女人的一些基本权利方面的问题。可以说，遇罗锦是个原生的女权主义者。

就说她的第一次结婚，父亲公开贴出告示谓家有一女等等，公开卖女儿。找到愿者后，父亲要给她买条新裤子送她去东北嫁人。遇罗锦说："我脸都不要了，还在乎裤子？"这就是遇罗锦。她直面这种婚姻的买卖性质。如果有人看不起她，那也许是因为她要价低：有饭吃，有户口。后来遇罗锦凭着这个户口把两个弟弟也迁到东北讨生活,使在京的父母得以喘息。遇罗锦卖身拯救了全家,她的婚姻就是买卖,她不掩饰问题的本质。

遇罗锦最早(如果不是第一个)提出婚内强奸问题。她的初婚之夜就是被强奸。她不会用法律的语言,只是如实描写,还呼吁要对女孩加强性的教育。从那以后,遇罗锦睡觉时身边总放一把大剪刀,她横下一条心要动真格的。如果她丈夫撞上那剪刀出了事,遇罗锦会不会因"防卫过当"而再次入狱?

遇罗锦跟她的第二个丈夫蔡先生提出离婚时,蔡说自己"养活"她两年,说她"忘恩负义"。遇罗锦反驳说自己两年来为丈夫洗衣做饭,陪睡觉,还为他两次打胎……遇罗锦在这里提出了家务劳动所创造的价值。这个问题无论在大款"休妻"或农村寡妇改嫁,总之凡发生夫妻财产分割争执时,都是有现实意义的。

遇罗锦的离婚案在报刊上引起公开讨论,经过二审终于批准离婚。值得注意的是,在诉讼过程中,遇罗锦从不指责对方,只是强调没有感情。听惯了人们因对方被划"右派"而离婚、因对方被"打倒"而离婚或因"第三者"而离婚,像遇罗锦这样不找借口、咬定"感情"为由而坚持离婚直到成功的,实为罕见。这不仅是她个人的成功,这也创造了一个先例,是使后人能受惠的法律"人性化"的一个体现。

其实,综观遇罗锦坎坷的一生,她前后的几个丈夫还都是不错的,没有怎么跟她过不去。可悲的是,她的"情人"却一个个地背叛了她。《一个冬天的童话》里的知青听妈妈的话,抛弃她,情有可原。1981年遇罗锦与蔡先生的离婚案中牵出"某报社老干部"(见王丽英文)就不然了,对这位"第三者",遇罗锦竟坦率地承认对方写信、送照片、送纪念品以追求她,而她自己也表示对对方有好感。该老干部可不认账,"向法院以及媒体声明,是遇罗锦主动追求他,但一直遭到他的严厉批评"(王丽英文)。比起"千疮百孔"的遇罗锦,也许我们应该更相信干部,何况还是老干部。我们严格按该老干部自己的叙述来定义他的行为,说轻了,那叫"kiss and tell",即占了女人的便宜再拿出去炫耀,占第二轮便宜。说重了呢?

遇罗锦到底怎么啦?她平反了,离婚了,又结婚了,好像还成了北京作家协会的会员。后来有一个出国的机会,她带了自己的书稿资料出去,再也没回来。那又怎么啦?她带的是自己的书稿,不是公款;她没有回来,她不是第一个。

遇罗锦,被我的美国学生深深喜爱的一个实话实说的女人。

2009年6月9日

这里有真金
——记美国女作家格雷丝·佩莉

1981年4月下旬,我第一次见到格雷丝·佩莉。当时我应邀到哥伦比亚和路特格斯大学举行讲座,萨拉·劳仑斯学院要我乘在纽约之便也到他们那里去讲讲。出面邀请我的便是该学院文学系教写作的教授、名作家格雷丝·佩莉。在美期间,我曾涉猎美国妇女文学,常常碰到格雷丝·佩莉的名字,她的那些近似印象派的短篇小说,使我感到新鲜,一直想介绍给中国读者。现在有机会跟她见面,我欣然答应了。

学院派了一位女士来接我,她说坐汽车从火车站到萨拉·劳仑斯只消二十分钟就到了。我想利用这段时间整理一下思路,因为这次来我是没有讲稿的。但脑子里转来转去总是回到一个问题上:格雷丝·佩莉是怎么样的一个人？我知道她是著名的激进派社会活动家，就在不久之前还在波士顿反对征兵的万人大会上发表演说。她是著名的短篇小说作者，随便翻开一种妇女作品选，都很容易碰到她的名字，不久前哈佛大学的戏剧中心把她的短篇小说改编上演。我还听说，她是慈爱的母亲，她懂得真正的母爱，60年代初曾向她的子女保证，一定要进行斗争，在他（她）们长大成人以前迫使美军撤出越南……到底她是怎样一个人呢？想着想着，车子已经到了萨拉·劳仑斯学院一座小楼跟前。我刚下车，一个头发斑白、个子不高的老太太迎了出来。她穿着非常朴素，现在回想起来，简直记不起她那天穿的是什么，使我不由得想起英国作家安东尼·特罗洛普的名言："最会穿衣服的人，衣服根本不引人注意。"这句话用在格雷丝·佩莉身上，简直太合适了。不过特罗洛普接着还说："作家的语言也应如此。"这用于衡量佩莉的小说语言，就很难说了，不过这是后话。一见面，格雷丝·佩莉的自然、大方、坦率和真挚像一股热浪把我包围住。她第一句话就说："咱们互相叫名字吧，你叫我格雷丝。"我从此就叫她格雷丝，她也直截了当地称我为"朱"，我来不及向她解释中国人姓名的排列，就由着她这样叫。

我们手拉着手走进会场。她给我介绍在座的朋友，有汉学家，有英美文学教授，还有大学生。我不做系统发言，主要是回答问题。听众知道我是社会科学院外国文学研究所的，美国没有类似的机构，因此大家感到新奇，问东问西,接着又问起《世界文学》杂志。《世界文学》杂志是专门登载外国文学作品的翻译和评论的,我在访美期间发现,无论是汉学家还是英美文学专家,都对它感兴趣,前者把它当做中国文艺园地重要的一角,从这个侧面观察中国文艺发展的趋势和动向;后者则关心中国人在译介哪些作品,重视哪些作家,对一些创作流派是怎样理解和评价的……研究中国当代女作家的人问起杨绛、宗璞的创作近况。格雷丝安然坐在那里,由着大家连珠炮似的问问题(包括我的英文是在哪个大学念的,当时的系主任、教授是谁等)。第一个"回合"的问答过去后,我们进入正题,由我介绍揪出"四人帮"之后外国文学翻译介绍的发展。听众极感兴趣,把外国文学译介的繁荣当做我国生动活泼政治局面的一个反映,当做文艺"双百"的一个象征。接着,简直像玩游戏似的,听众一连提出十几个、甚至几十个作家的名字——贝娄、辛格、纳博科夫、欧茨、马拉穆德、契弗、厄普代克、冯尼格、巴特尔比、阿尔比、麦克勒斯、威尔蒂、波迪,还有老一辈的作家——问我中国是否有译介。对于每个提问,我都很有把握地给予肯定的回答。听众对我国在与美国几乎隔绝三十年之久以后的今天还能这样悉知美国文学近况,感到惊讶、佩服。相形之下,他们为自己对中国文学的无知而深感惭愧。说到美国文学史上的经典作家,如霍桑、麦尔维尔、梭罗、爱默生等人,我也坦率地承认,我们对这些作家的译介、研究跟他们在美国文学史上的地位是不相称的。

有人还说,据说西方侦探小说、消遣小说在中国很流行,问我有无此事。我也直言不讳,答说在我的印象中,似乎是《福尔摩斯探案集》最先滚起了这个雪球。有位教授听了之后,瞠目结舌,认为不可思议。也有人说"为什么不可以消遣消遣呢?""我不反对,但为什么要与文艺批评混同呢?"我笑着听他们议论,不去辩护什么。

晚上,我同格雷丝及另外几位朋友一起去吃饭,饭前先到她家稍坐一会儿。格雷丝家住纽约曼哈顿区格林威治村的一套公寓里。所谓格林威治村实际上是市区里作家、艺术家,特别是那些反正统的作家、艺术家聚集的地方。一走进她家,格雷丝性格中那天真、热情、理想主义和激进的一面更无拘无束地显露出来了。我们还没有坐定,格雷丝一边围上围裙,一边对我半开玩笑地说:"这下子可好了,你总算哪怕是暂时离开那沉闷古板的老哈佛,到我们纽约来了!要知道,这儿才是真正的美国!一切新鲜的思潮是在这儿酝酿的!"同来的几位朋友也一起说笑着。我们坐在格雷丝家厨房兼餐厅的长桌旁一边喝雪利酒、吃着女主人端上来的零食,一边聊天。在座的有赫布和他的妻子珠迪。赫布自我介绍时强调说他是工人阶级,而不仅是工人运动、发展史专家,他愤然指出现在很少有人认真研究这门学科了。赫布还以自己的专长为工会效劳,他既是专家,又是社会活动家。他还告诉我,1979年社会科学院代表团访美时,他曾应邀向该团介绍美国工人阶级发展的状况。

进门时格雷丝就抱来一大包邮件,多数是各个妇女组织寄来的,也有其他如反对核电站、主张环境保护等组织的。格雷丝一边拆信一边向我介绍美国女权运动,说仅纽约一地就有上千个组织。"有共同纲领吗?"我问。"每个组织都要带头发起联合,所以总是联合不起来。"她表示无可奈

三十多年来保持联系的老友 Carol Meuser

何,但又说,"尽管如此,她们还是当前美国社会里最有革命热情和献身精神的群体!""若要动摇这个糟糕的社会的基础,就靠她们了!"说这话时,格雷丝像孩子那样兴奋。她自己就是女权运动的一个代表人物,跟无数个团体保持联系,为它们募捐、讲演、当顾问,献出自己的宝贵时间和精力。她拿出 1980 年 11 月在五角大楼前示威的照片给我看。有一张是她被捕前几分钟拍下来的,我看着那正气凛然的眼光和嘴角流露的坚毅,不禁脱口而出:"啊,好像高尔基的'母亲'。"她听了高兴极了,连说这是莫大的荣幸。

晚上我们到一家中餐馆去吃饭,席上继续讨论他们最感兴趣的话题——美国社会及其面临的问题。我在哈

佛时常听朋友说,现在大家只关心国内经济问题,保守影响上升,60年代轰轰烈烈的人民运动高潮是一去不复返了……然而格雷丝是乐观的,她说,像现在这样下去:扩军、减少福利、向人民开刀,肯定会激起抗议运动的。我们就这样说说笑笑,海阔天空,一顿晚餐吃得非常热闹。

临分手,格雷丝要我一定到佛蒙特州她的乡间别墅小住。七月的一个周末,我的朋友卡萝尔·缪塞去佛蒙特,就开车带我。从马州到佛蒙特,一直往北,路上要四五个小时。为消磨时间,卡萝尔跟我谈她的家史。她们一家是基督教教友派,她的父亲的姨婆是哈丽叶特·比彻·斯托夫人——《汤姆叔叔的小屋》的作者!她给我看她手指上一个老式的指环,是斯托夫人戴过的,现在是她们家的传家宝。说来简直令人难以相信,她对自己的这位祖先知道得很少,还以为斯托夫人早已被人们忘记了。我告诉她,中国在本世纪之初就有《黑奴吁天录》译本,表达了受压迫人民的心声。解放后又由北大一位老师重新翻译,即将出版。我还告诉她,前不久,就在与她的住宅相隔两条街的哈佛大学的讲台上,著名的美国文学教授丹尼尔·艾伦对着满堂全神贯注的学生和旁听者讲述斯托夫人及其不朽杰作《汤姆叔叔的小屋》的历史地位和现实意义……卡萝尔瞪大了眼睛,简直不敢相信。就这样,几个小时很愉快地过去了,我们在佛蒙特州台特福村的山坡上找到了格雷丝和她的丈夫罗伯特·尼克尔斯,一位激进派的剧作家兼小说家。

格雷丝夫妇的这座在半山腰的木板房相当破旧,新加盖的一排房子也比较简陋,跟她纽约公寓、跟她整个人的风格一样,一切都很随便。屋里到处堆放着书、稿子和邮件,屋外是一大片松林,格雷丝带我在林中转了一圈。树都有几人高,枝叶茂密,交相成荫。树底下成年见不着阳光,年复一年的落叶垫了足有半尺厚,脚踩下去都是湿的。格雷丝说这片林子一直伸延到山顶,足有二百公顷,是罗伯特的父亲在 30 年代经济萧条时期低价买下的。现在他们夫妇既无力管理,又舍不得卖掉,就留在那里,也算是"环境保护"吧。冬夜里还有狼出没哩,她说。

格雷丝这次来住,一是消夏,二是暂离一下社会活动的旋涡,集中一段时间进行写作。话虽这么说,可她刚到不久就接到法院的传票,不得不回一趟纽约——1980 年 11 月她在五角大楼前示威犯"阻碍交通"罪一案还未了呢!"我过去坐过牢,今后还会坐,这没什么,我能对付。"对自己的事,她就是这样轻描淡写。"其实,"她加了一句,"进监狱就好比到另一个国家,那里有好多我的同胞,我应该去看望他们!"

这次见面,格雷丝有更多的时间跟我谈她自己。她是俄罗斯犹太人移民的后代:"我的父母亲都参加了二月革命,被流放到西伯利亚,正巧赶上沙皇尼古拉得了太子,大赦天下,他们两人被赦,从流放地回家后他们结婚了,并决定移居美国。"格雷丝的父亲是医生,在纽约犹太人区专为穷人看病。格雷丝生于 1922 年,就在犹太人区长大——"父母教育我不要因为自己是犹太人而自卑,我从小就写诗,简直感情泛滥。后来,大学没有毕业就念不下去了。当时正是喧嚣的30年代。我对日本侵略中国、西班牙内战、意大利进犯北非、法西斯主义的抬头等都非常关心。二次大战爆发,我的丈夫入伍,我做过公寓的管理员,也做办公室工作。这期间我继续写诗,后来开始写短篇小说,在杂志上陆续发表,1959年汇集成册《男人们的小小烦恼》,第一次引起评论界的注意。"1968年,另一家出版社将这个集子重新出了精装本,这在出版业上是罕见的。当时正是女权运动的高潮,那家出版社将格雷丝·佩莉的作品当做这个运动的象征,才敢于押这个"宝"。格雷丝从不停笔,但又从容不迫,总要到有话非说不可的时候才动笔。1974年,她听了朋友、也是短篇小说作者巴特尔比的建议,凑了第二个集子《最后一分钟的巨变》,从而奠定了她在当代美国文坛上的地位。她现在还在继续写作,作品时常发表在《纽约客》等杂志上。

在格雷丝的生活中,比创作占的时间更多的是社会活动。从60年代初起,还在反战运动之前,她就卷入了地方社区的活动,最早是反对核试验,还有什么教师—家长的组织。她们为争取少数民族的教育权利、为改善学校状况、为改善居住条件等与当局进行过斗争。格雷丝还是反战运动的积极分子,做过大量的工作,支持拒绝服兵役的人,为他们找律师辩护。她是卓越的组织者,但坚守基层,从不参加全国性的组织或会议,虽然她事实上早已闻名全国。她说,只有待在基层才能做出切实有用的事情而避免陷于空泛的口号。1968年,格雷丝受美国和平组织的委托到瑞典去会见跑到那里逃兵役的美国青年。翌年她又受托到越南接回了三个被越军抓获的美国空军驾驶员,受到黄文欢的接见。70年代她又投入了反对核电站的抗议浪潮。而贯穿一切的,当然还是她最热衷的女权运动。

格雷丝说:"我有两种政治工作,一种是社会活动,一种是写作,我从不把二者混淆。"她把写作也叫做"政治工作",自有她自己的特殊含义。事实上她从不以自己的社会活动为创作题材,从不描写示威、游行、群众大会等。她有一篇小说叫做《政治》,却是描写几位母亲用自己编的歌儿向市政当局要求扩大儿童运动场。在格雷丝看来,这就是政治。她的短篇作品更像剪影——几个"未婚母亲"带着孩子在公园里,不跟"规矩"的妇女混在一起;一个被强奸后自杀的小女孩;一个喝醉了的警察乱开枪;调皮的小男孩被地下铁轧死;为一句话而行凶的小流氓;一个孤零零死在慈善医院里的无家可归的人;成了流氓的儿子出走,母亲还得继续活下去……格雷丝不做一般意义上的现实主义描写,她有一个短篇叫做《漂浮的真实》,这个标题可以说明格雷丝所追求的"真实"的特点。她说,"我要写那些在生活中使我不安的东西","要揭示出隐秘的东西","把光线聚在大家看不见的角落"。她那往往只有一两千字的片断能抓住一个语调、一个姿态、一种情绪,揭示出大都市下层生活中的残酷、荒谬。她的题材主要集中于纽约,特别是纽约贫穷的移民和犹太人。正如有的评论指出的:"佩莉的想象力总是被普通人激发,一些身处在底层的普通人,过着浸透卑琐的伤痛的生活。要不是佩莉的写作,我们根本不会注意到他们的存在。"许多评论指出,佩莉是"作家的作家",她在创作方法上进行实验、摸索。她的语言的独特性是得到一致公认的,她掌握得住纽约街头俗语的微妙,能把那些普通的字眼用得奇特,甚至她的语调、节奏都能传达出纽约下层生活中独有的精明、贪婪、满不在乎和玩世不恭等混合起来的特殊气氛。佩莉的短篇小说写得最多的还是女人,她努力挖掘女人的生活里和内心里那些"漂浮的真实"。像她那著名的《长跑者》似的,她笔下的女人都对生活感到恍惚,她们努力想了解自己,要做人,在这样做的时候被自己的感情既推动着又阻碍着……

格雷丝说她从来把她的写作与她的政治活动分开。我觉得这不仅指写作题材,还另有一个含义,即她作为作家,不依靠自己所接近的团体和组织而是完全凭作品本身的价值使批评界不得不给予承认。她是个有骨气的作家。

在格雷丝的乡间别墅,我们的一个重要话题是中国。她的父母是革命者,信仰社会主义,她自己是反对越战的先锋,她有一千个理由热爱、向往新中国。1974年她随一个自费参观团访华两周。她不仅参观了文化古迹,而且在活动受限制的情况下,接触了普通群众,对同天津妇女的会见尤其铭记不忘。

我准备回国,在佛蒙特不能久留。我们在车站依依相别,格雷丝提醒我回国后给她寄英文版的《中国文学》。她向来每期必读,近来没有收到。

原载《世界文学》1982年第4期,本次收入有修改

妇女文学
——广阔的天地

"妇女文学"是个很广泛的概念,包括好几个层次,它的含义伸展得很远,引起的联想很多。

从广义上讲,古往今来文学名著中那些不朽的妇女形象——古希腊悲剧中的克里泰姆奈斯屈拉、莎士比亚的戴斯得蒙娜、古典主义的费尔德拉、18 世纪的克拉丽莎、现实主义小说中从托尔斯泰的安娜到多丽思·莱辛的安娜……都是对女性心灵的探幽,均可以归于妇女文学的辽阔领地。这些妇女形象内涵无限丰富,现代女权主义批评家从她们身上总能不断发现新的意义。弗吉尼亚·吴尔芙不是说过吗,看了《阿伽门农》谁能不与杀父的克里泰姆奈斯屈拉认同?而长期被当做顾影自怜感伤主义者的克拉丽莎竟在牛津大学的特里·伊格尔顿的解剖刀下显出了反抗性女性的原形。

19世纪末20世纪初,随着欧洲各种社会改革运动的兴起,西方女权运动进入高潮,"女人问题"被尖锐地提上日程,易卜生的《娜拉,或玩偶之家》像一颗炸弹,打破了西方资本主义社会在性压迫问题上虚伪的缄默。英国梅里狄思的《自我中心主义者》是对一位陶醉于自我的男人的绝妙写照,也是男性作家自我嘲讽的杰作。H. G. 威尔士的《安·维罗尼加》描写了一个英国女权主义知识妇女成长的过程,是很有代表性的。还有那个在女人手里总是倒霉的乔治·吉辛,他竟然还能以作家的胸怀在《多余的女人》一书中带着理解、同情与尊重去写单身女人的困境。肖伯纳则更是站在先进的立场上在《圣女贞德》等剧本和著述中探讨妇女问题。他们是男性中的有识之士,自觉地提出了现代资本主义社会男女不平等和性压迫问题。尽管所有这些男性作家笔下的作品无论从文学角度还是从妇女解放的角度看都颇有意义,然而就像"复仇记"缺了王子一样,这些作品缺了一个最核心的东西,那就是女人的主体性,因而还不是真正意义上的"妇女文学"。

纵观漫长的文学历史,缺少女人主体性的文学要表现女性,出现了何等的偏执呢?奥斯丁的《劝导》中有一段对话,男的一方说:"所有的历史都不说你们的好话,还有所有的故事,无论是诗歌还是散文……"女主人公安·艾略特反驳道:"请不要引经据典吧。他们受的教育程度比我们高得多,笔拿在他们手里……"笔拿在男性作者手里,记录男人的丰功伟绩:将军的征战,政客的阴谋,朝代的更迭,疆土的开拓,英雄的史诗,骑士的游侠,商人的冒险……至于女人,女人是按男人的想象或愿望而塑造的。这种程式化的妇女形象问题早已是文论中的老生常谈。她们都是从男人的眼光、从与男人的关系角度来被描写的:如"洋娃娃"类,从狄更斯那些"娃娃新娘"到我们的"小白鸽";如"被男人唤醒"之类,从童话中的"睡美人"到我们的经"老革命"点拨而走向革命的"青春之歌"。英语中有 butterfly,相当于汉语中的"花瓶",法语中有 femme fatale,相当于汉语中的"祸水"、"狐狸精"。当代美国的阿尔比和因大男子主义而屡遭讨伐的诺曼·梅勒笔下都有 domineering bitch,相当于汉语中的"母老虎"。西方文化中有引诱亚当吃禁果的夏娃,我们当代小说电影电视总不乏拖老干部后腿的"马列主义老太太"。中外古今,尽管历史条件、民族特点不同,男性作家的观念却有惊人的相似。文学历史是不是像整个人类的文明史一样,被写成"他的"故事,而没有"她的"一份呢?

  自然,女性不是沉默的半边天,真正意义上的妇女文学也理所当然只能由女性作家自己实现的。生活中维护人权、文学艺术中确立人性如果是真的而不是假的,那就意味着妇女文学中女人主体性的存在。弗吉尼亚·吴尔芙早就说过,妇女小说是女人写女人问题的小说。在法国大革命提出事实上不包括妇女的"自由、平等、博爱"的口号不久后,玛丽·伍尔斯通克拉夫特(英国空想社会主义者葛德文的妻子,他们的女儿玛丽·葛德文后来成为诗人雪莱的妻子)就抛出了她那著名的《为女权一辩》——公认的英国最早的女权主义作家。有的学者更追根溯源,挖掘出比玛丽·伍尔斯通克拉夫特早半个世纪的玛丽·阿斯泰尔。阿斯泰尔在英语文学中率先指出社会上男女不平等及妇女在家庭中的屈辱地位,自己终生未嫁;玛吉丽特·福勒,美国19世纪女权主义的思想领袖,在《19世纪的女人》一书中全面提出美国女权问题的各个方面,思想的、经济的、两性关系……她是当时进步思潮、超验主义思想团体的成员,亲身参加过意大利1848年革命;法国的乔治·桑蔑视男性中心的文化强加给女人的精神枷锁和行为规范,她以同样的挚诚把信仰贯穿于自己的做人与写作之中。若往前数外国文学中女作家的"第一",有第一个以文为生的阿芙拉·班恩、第一个黑奴出身的菲里斯·惠特莉、北美大陆第一个公开发表作品的安·布雷德斯特里特、第一个发表自传的纽卡瑟尔公爵夫人、第一个发表游记的萨拉·坎布尔、第一个发表书信的蒙太古夫人,她们都是妇女文学的开拓者。

那么这些女作家们都写些什么呢?纳博科夫笔下的动物园的猴子,一旦会画画,就画笼子的铁杆。女人拿起笔当然就要述说自己的痛苦与怨恨,述说作为女人的经验与感受。英语文学中第一个女权主义小说家玛丽·伍尔斯通克拉夫特写的第一部小说就叫做《女人怨》。

英国当代作家巴巴拉·匹姆在《卓越的女人》中曾

问:"女人站在洗碗池前想些什么呢?"真的,一个女人如果意识到自己的才智而又不得不日复一日、年复一年地对付洗碗池里的脏碗污碟,她是很难不充满愤怒与挫折感的。看看张洁的《方舟》,谁还能怀疑这不是中外妇女的共同感受?而从广义上说,很多女作家都是"站在洗碗池前"构思作品的。艾米莉·勃朗特宁愿写作而不得不削土豆;奥斯丁一边写作一边提防有人推门进来;盖斯凯尔夫人在餐厅里写作时屋里四扇门向外敞开,以便随时应付家务。可以想象,在这样心情下写作,难免会流露出当代妇女评论家概括的那种女性特有的愤懑与敌意。生在南非的激进派女权主义作家、思想家奥利夫·施莱纳在《非洲农场的故事》中塑造了英语文学中公认的第一个真正意义上的女权主义形象:超凡脱俗的林达尔追求女性的自由与尊严,并为此付出了生命的代价。曾经爱过她的两个男人在她的墓前悼念她,她的生和死、她的人格激励并教育着他们,使他们在精神上超越了自己。

　　女人的孤独、寂寞、愤怒、怨恨、幻灭,集中到一点就是要求实现自我,要求发展,反对男性中心的文化强加于她们的角色。这种要求常常通过"一间屋"的比喻表现出来。"一间屋"在弗吉尼亚·吴尔芙的笔下是写作的空间,也是生存的空间、发展的空间。妇女写的小说早在弗吉尼亚·吴尔芙之前就采用了这个比喻。美国最早的一位表现妇女意识的作家凯特·肖班在《觉醒》中描写了一个少妇的"觉醒":当艾德纳·邦提里耶意识到自己作为一个女人的独立存在时,她的第一个行动就是走出丈夫的家门,自己租下一间住房。有各种义务缠身、被各种角色压抑的妇女都向往有自己的一间屋。奥利夫·施莱纳的《男人与男人之间》和萨拉·格兰德的《贝丝的书》、当代加拿大作家艾丽丝·蒙罗的《办公室》、英国多丽思·莱辛的《19号客房》、美国许多当代小说、乃至中国张洁的《方舟》……女人们似乎都用一个声音说话,就是要求"自己的一间屋"——它是物理的空间,也是心理空间。男性把世界当做自己的舞台,而女性只要求"一间屋"。这两相对比,不是耐人寻味吗?自杀的女诗人西尔维亚·普拉斯的唯一一部小说《钟罩》中,女主人公总是想象自己被扣在一个钟形的罩子里。美国当代作家吉恩·斯塔福德的《贝特丽丝·特鲁勃拉德的故事》里的女主人公贝特丽丝甚至连一间屋也不求:为躲避丈夫的纠缠和吵闹,她装聋作哑——无处可躲,她便躲进自己的内心。

妇女文学表现的妇女形象并不总是受难者,女作家也歌颂真挚的爱情,但这种爱情是基于把女人当人平等相待时才能实现的。天才的黑人女作家那拉·吉尔·赫斯通在《她们的眼睛望着上帝》中突出了这个主题,有评论认为此书是美国最伟大的爱情小说。女作家也歌颂女人的力量——深重灾难才能显示出的女性的伟力:M.H.金斯敦的《女战士》、沃克的《紫颜色》都是突出的例子。还有托尼·莫里逊的《至亲至爱的》,作者诉诸神话,唤起鬼神,借以宣扬女人的伟力。女作家歌颂母爱,以亲身体验写出母性的伟大,也写出作为女人和母亲两种身份的矛盾,这是一切女性的共同经验,如近两年美国畅销的一批小说就都从不同角度探讨了这一主题,《男人与天使》、《好妈妈》是这方面的代表作,同时,这些作品也向人们提出了一个最显而易见的问题——为什么迄今为止的文学作品中大量歌颂征战、掠夺、杀戮,而极少涉及母性这个关系到人类繁衍的大事?

此外,正像男性作家总要写他们眼中的女人,女性作家自然也要塑造她们眼中的男性。且不管这种塑造里是否暗含偏执,女作家跳出感伤的窠臼,敢于拿威严的男人开心,这起码是女性意识的一种觉醒吧。从简·奥斯丁直到"当代的奥斯丁"巴巴拉·匹姆,有一批女作家妙笔生花,文学的天地里于是生出多少滑稽可笑的男性形象供我们娱乐。巴巴拉·匹姆曾在人类学研究所工作,她用实验科学家考察原始人的眼光描写男人,由着他们出洋相;而简·奥斯丁不仅写出了盲目自大狂者的永恒典型柯林斯先生(《傲慢与偏见》),而且在身后发表的书信体小说《苏珊夫人》中让坏心眼的苏珊夫人最后嫁给一个讨厌的笨蛋,这是作者能想象出的对女人最严厉的惩罚!

按照美国女权主义批评家伊莱恩·肖华尔特的说法,妇女文学的领地常常是一片沙漠,被奥斯丁的高峰、勃朗特姐妹的峭壁、艾略特的山脉和吴尔芙的小丘从四面团团围住。事实上这片领土上还有丰富的宝藏,除了我们熟知的那些留下名字的女作家外,我们还不能不想到一大批

"影子"作家。英国诗人华兹华斯的姐姐多罗塞·华兹华斯只因留下一部日记才有幸被人们记住。世上不知还有多少多罗塞仍被埋没着。多罗塞的日记记录了她对大自然的观感,也记录了她自己的日常生活,写到她如何从早到晚操持家务,曾顺便提到"威廉(指诗人威廉·华兹华斯)自然是什么都不干的"。柯尔律治的妻子玛丽、卡莱尔的妻子简、费茨杰拉尔德的妻子彩尔达虽说各自情况不同,但都是有才气有见识的女人,却都生活在丈夫的影子底下。英国小说家玛丽亚·埃杰沃斯的许多作品是在父亲的指令下修改的,当时的评论便把功劳归于她父亲。而现在,倒是那些没有受到老头子干涉的作品站住了脚。

那些有所成就的女作家是冲破种种阻力——怀有敌意的评论、社会偏见、窒息创造性的家庭环境——而功成名就的,比起那些盘踞主流文学中的男性作家,她们寥若晨星。而那些在男性中心的文化中被埋没、被扼杀的女作家是一支更庞大的影子部队。假如这些女性的才华都能施展,所谓的主流文学传统也许就是另外一个样子。现在,这永远只能是一个大写的"假如"。

妇女文学的这一片宝藏自然还应包括主流文学之外的一大片更广阔的天地,女作家们在那里有声有色地施展才干,各显异彩,宣泄着自己的思想、情绪。以英语中的小说形式为例,女作家在 19 世纪以来盛行的通俗小说一直占据优势。霍桑指斥她们为"舞文弄墨的女人",萨克雷在《时髦的女小说家》中讽刺她们,甚至女作家乔治·艾略特也轻蔑地提到那些"无聊的女小说家们写的无聊的小说"。然而,现在新一代的批评家正是从这些女作家的作品中看到女权意识的大胆流露。她们不仅在小说中提出妇女教育、就业、政治权利、社会地位等众所周知的问题,而且通过当时被斥为"有伤风化"的内容更深刻地揭示了妇女的内心,如畅销的《奥德里夫人的秘密》、《东林庄园》都是例子。长期以来被认为只不过是提供刺激的拉德克利夫夫人的哥特式小说中的恐怖与悬念,在今天一些批评家看来也都是女性心理的折射——至于那些蜿蜒的长廊和黑暗的密室,其意味更是不言而喻。乌托邦小说与科幻小说有时以最尖锐的形式、最大胆的想象表现女性的理想。美国夏绿特·珀金斯·吉尔曼的《女儿国》写了一个女性的乌托邦:在那里,战争、掠夺、剥削都消失了,作为奴役女性形式的家庭也消失了,至关重要的养育后代的工作是集体的事业。美国科幻小说作者厄苏拉·勒·奎恩在著名的《黑暗的左手》中也写了一个幻想世界:人类是单性的,没有性的分工,因此也消除了两性的对立。加拿大作家玛吉丽·阿特伍德在《侍女的故事》中构思了一个截然相反的境界,作者把男性中心的文化推到极端,在一个男性统治的恐怖世纪里,女人,除了少数妓女供男人娱乐以外,统统沦为繁衍后代的工具。生活在当时的东德的克里斯塔·沃尔夫的《自我》尝试虚构了一个女科学家自愿通过实验改变性别的故事。实验成功了,但女主人公发现她失去了人的感情!于是,她重新去做女人,哪怕是受歧视的"第二性"。这正如《多余的女人》中的一个角色说的:"感谢上帝,我们是女人,现在这种世道,我们宁可做女人!"不仅通俗小说、科幻小说,而且侦探小说也能成为表达女权思想的媒介。女权主义学者、教授加罗琳·海尔勃伦在哈佛大学文学系短期任教后没有得到续聘,她认定这是出于性歧视,便化名阿曼达·克劳斯写了轰动一时的侦探小说《死在执教岗位上》,狠狠地报复了歧视女性的老哈佛。

《外国妇女文学词典》封面
(朱虹　文美惠　合编)

妇女文学,包括了严格意义上的女权主义作品和广义的表现妇女意识的作品,成为一个独立范畴,当然是以性别在文艺创作中的烙印为前提的;而性别在文学中的影响与作用,根据"存在决定意识"的原则,又是以男性和女性社会存在的不平等、以男性为中心的文化为前提的。如果取消这个大前提,妇女文学的独立范畴就难以成立。不过那样一来,我们就离开了脚下的现实土地而升入一个神话世界了。

原载《外国文学评论》1989年第1期

崇敬与怀念

记两个文化巨人的会见

80年代初,美国哈佛大学英美文学与比较文学教授哈里·莱文(Harry Levin)根据美中学术交流计划,应我们院邀请,来华访问,讲学。具体接待事宜交给了外文所。当时在外文所英美室的我,做了接待计划,其中当然包括拜见钱钟书先生。

见面那天,我陪莱文教授乘车前往。钱、杨二位先生住三里河一栋公寓楼的三层。我们上去敲门,钱先生亲自开门。他站在门口请我们进去,笑嘻嘻地对莱文说:"啊,你是来参观这个神话动物(原话"mythological animal")——中国的高级知识分子……哈哈!"

我们坐下后,他们二位不待寒暄,立刻在世界文化的版图上纵横交错地漫游,一会儿希腊罗马,一会儿法国意大利,一会儿绘画,一会儿诗歌,他们有那么多共同的话题……

我这不是见证着两位文化巨人思想碰撞的火花吗?可是为什么钱先生说自己作为高级知识分子是个"神话动物"呢?是他的谦虚吧?我心里琢磨着,不想时间已到,我们按时告辞出来。

莱文教授坐在车里一路闷闷的,一言不发。快到宾馆了,他突然冒出一句:"我自惭形秽!"(原话"I am humbled")

我问:"为什么?"他说:"我所知道的一切,他都在行。可是他还有一个世界,而那个世界我一无所知!"(原话"He has another world that I know nothing about")他那口气,透着无限的遗憾。

见了钱钟书而"自惭形秽",应该是很正常的吧。至于我自己,我见了三十年前招进来的研究生都自惭形秽,根本谈不上跟钱老同日而语。可是莱文教授不同。

哈里·莱文,著作等身的哈佛顶级教授,据说Rudinsteine校长到任后第一件事就是去拜望这位自己当年的老师。莱文教授,他的高傲是有名的,连我们这些外人也有所耳闻。学生慕名而来要选他的课,他还挑剔,拒绝,而拒绝的理由竟是:"你有幸(原话good fortune)选过我一门课啦。应该让让别人……"总之,莱文教授,你述说他一百个"不是",也数不上"过分谦卑"这一条,何况"自惭形秽"。

到了中国社会科学院,见了钱钟书,莱文教授谦卑啦,自惭形秽啦。他终究不愧为誉满西方学坛的名家,他有学者的眼光,他一眼就把这个神话般的人物认出来啦——他发现了一个真正意义上的知识分子。

总之,知识分子、文人、学者、思想家、公共知识分子……当前,他们在传承文化、改造国民性、提高全民素质等方面的作用逐渐得到社会的承认。他们的智慧、学识、做人,都是我们的财富,我们的"非物质文化遗产",别人一眼就认出来啦。我们自己有幸跟他们生活在一个时代,就更需珍惜,把这份遗产变成现实生活中的动力。

2010 年 3 月 8 日

我的老师朱光潜先生

朱光潜先生,我的老师!当我最后一次凝视着那张令人肃然起敬的面庞,望着他那长眠中安谧的神态,我的心灵深处不由得迸发出悲恸的哭喊:"为国为民,您已鞠躬尽瘁,愿您的灵魂得到安息!"

朱光潜先生,我50年代的恩师。晚年,他曾被授予各种荣誉的头衔和职位。但在我的心目中,他还是身着简朴布衣讲授翻译课的老教授。他精心备课,课堂上从无一句赘言。我们交的作业,他总是仔细看,然后,把大家关于某一词语的不同译法在黑板上一一列出,择其最佳者,解释缘由。能得到他的肯定,是我们同学最珍惜的一种荣誉。他又是铁面无私的公正,以同样不偏不倚的态度指出我们的错误。有一次,他要我们把一篇中文译成英文,题目是《与冰的斗争》。我将英文题目译为《人冰之间》(*Of Ice* and Men），得意地交上去。但是出乎我的意料，朱先生并没有表扬我，"当然，我注意到了，你是在借用斯坦倍克的《人鼠之间》来使你的题目更为醒目。但是，后者的用词中有一种我们的作业中不存在的联想。为什么不朴素无华、直截了当呢？"是的，朴素无华、直截了当，这就是先生的风格，这也是他的人品，是他留给我们这些学生的宝贵遗产。

我还能忆起他些什么呢？我尊敬的老师。在针对知识分子的思想改造运动中，他作为主要对象，站在旧北大校园大饭厅里临时搭起的台子上。他还是穿着那身简朴的蓝布衣裳，看起来那样单薄，又那样的虚弱，但又总是神态自若，毫无沮丧的神情。大会连着小会，永无休止的批判。对他来说，这是何等的痛苦啊：他的《给青年的十二封信》、《文艺心理学》，他关于康德和克罗齐的研究，他那些曾攫住一代青年的心灵、唤醒他们的美感的著作，所有这一切，通通被斥之为毫无价值的，甚至是"反动"的。对于他来说，这又是何等痛楚的斗争啊：一方面，是作为一名学者的自尊；另一方面，是他在1949年毅然决定留在北京时的对国家、对新社会的忠诚。而且，我现在才真正认识到，面对一片怒目而视的年轻人，面对那些高举着手臂，耳边响着那些重复的口号，批判一些他们自己多半是一无所知的著作，先生心中更多的是哀伤，而不是愤慨。承受敌人的攻击相对说要容易一点，但是要承受那些你为之奉献心血的人所施加的伤害，那样的痛苦一定是双倍的凄烈。一夜之间，他就满头白发了。

被置于这种逆境之中,他又是如何自处呢?朱光潜先生选取了一条最为艰难的道路,他开始研读马克思主义。在近六十高龄时,他开始学习俄语,以便能阅读当时被奉为正宗马列的苏联文学理论的原著。

从50年代后期到60年代,朱先生一直处于连绵不断的论争之中。在美学和文学理论的小天地中,朱光潜的名字已经沦为非马克思主义、非历史主义、非唯物主义、非辩证法以及随便"非"什么的代名词。但对他来说,这小小天地乃是其全部生命意义之所在。他仍然坚持不懈地教课和翻译,此外,还写出了中国的第一部《西方美学史》。别人可以夺去他的一切,但是谁也无法阻止他用头脑进行思考,无法阻止他用笔进行写作。

他经受住了"文化大革命"的风暴,熬过了种种磨难。那与其说是靠身体的抵抗力,倒不如说是靠他那不屈不挠的意志力。

在"文化大革命"之后,按照某种观点,知识分子被"捧到天上去了"的时候,朱先生的境遇又如何呢?他住所的二楼在"文革"中被别人占住,"文革"后仍然被占用着。只有一楼住着他们全家祖孙三代,照明条件极差,也没有暖气。由于临时凑合,整个房子的大门直对着他那间卧室、起居室、书房三合一的房间。在他的老式的已用旧的书桌上散放着各种书籍、稿件和信函。很明显,这就是先生生活的中心,他似乎完全不介意整个环境的简陋。后来,楼上退还给他,全家终于安顿下来。一天,朱先生让我随他来到他的新书房。我感到很惊讶,这里的家具如此稀少:一床、一桌、一椅、一对沙发而已。但他像孩子似的那么高兴。他说现在他可以更好地工作了,可以如期完成他的《新科学》的翻译了。后来,王民源教授——他的朋友和同事,也是我50年代的法文老师,顺便来访,我们就坐在那里闲谈。先生是如此完完全全的心满意足,对他所受的苦难不予计较,对那些不公正地对待他的人亦无责难,对他的"论敌"更没有片言只语的贬损。同时,也无意炫耀自己的宽容大度。他只是平静地谈他的工作,询问他那些散布在全国各地的学生的去向。

啊,他的学生或别人可能把他看作一位有影响的评论家,一位知名的学者,或者一些别的什么,但对于我,他首先是,而且永远是一位奉献自己心血的老师。

1982年,当我怀着忐忑不安的心情问他能否为我的一本小小的论集写个简短的前言时,他立刻答应下来,尽管他当时健康状况不佳,视力也减退了。他的夫人解释说:"他答应写,因为你是他的学生啊!"是啊,因为我是他的学生!对学生,他认为自己有尽不完的义务。有一次他给我看我的同学施咸荣翻译并题赠给他的一本小说,他深情地说,那些放在书架上的他学生们的书,给他以极大的快慰,甚于看到他自己的书。当他在一个星期之内就把我索求的前言赶出来并迅速寄给我时,我简直无地自容了。我在心底暗暗发誓说,如果下一次我要去麻烦他,那一定是为更有价值的东西。然而现在,先生已去了,而我却始终没写出什么有价值的东西来。

70年代的后期和80年代是他丰收的时节,他就这样进入了八旬高龄。每当他的书出版,他总要亲笔签名赠我一本。我收藏有他的《西方美学史》(新版)、《美学拾穗集》、《谈美》、《艺文杂谈》、《悲剧心理学》,还有他的译著:莱辛的《拉奥孔》、柏拉图的《文艺对话集》、《歌德谈话录》,而最重要的则是多卷集的《朱光潜美学文集》终于出版了。我心中暗自高兴:"事情终有公论,尽管是迟到的。"

朱先生,他对信仰是那样的不肯苟且,对真理的寻求是那样的不屈不挠,对工作中的每个细节都不放过;但是,关系到个人的事他又是那样的漫不经心、那样的超脱、那样的漠然视之。有一次我对他的女儿提及庆贺先生执教60周年的纪念会,她说根本不知道此事,因为她的父亲没有告诉她。朱先生从不在乎"后人的评价",这是真正的虚怀若谷。透过他的谦虚,也可以看到他深深的自信。

我最后一次见到他,是在医院中。他的医生童启进,也是老北大的学生,写信要我去一下。带些什么给他呢?"不能送吃的",童大夫在电话中已提醒过了。我带去的是一束生机勃勃的怒放的玫瑰,火焰般鲜明,在严寒中斗妍。这不正象征着我应永远铭记在心的老师的精神吗?

正如做其他事情一样,朱先生在病房中也是一位模范病人。为了保持头脑活动,他根据医嘱每天抄一首四行的短诗作为"作业",还要坐在电视前看些电视连续剧。先生虚弱地轻轻笑着:"我做了一辈子教师,现在又倒过来当学生了。"他似乎在玩味这情景中所包含的嘲讽。

临近死亡之门,先生最惦念的是,看到他的译作《新科学》出版,他很想对注释做一些小小的更动。先生还惦念着他的朋友沈从文先生,担心着他作为作家没有得到公众的承认,"他的故事是多么的美啊!"他喃喃地说。而对自己他没有任何企求。

我尊敬的老师最后的遗愿是,不要为他举行任何纪念仪式。是的,他本人并不需要任何形式的纪念,他在他的著作中永生,在他的学生和读者的心中永生。

原载《人民文学》1986年第5期

忆师长:两道伤口

(《生活》杂志访谈录　记者 郭玉洁整理)

三十多年前,少女时代的朱虹生活在自卑当中,她形容那时候的自己"驼背,不漂亮,加上出身不好,很少说话"。是英文建立了她的自信。在教会中学读书的朱虹,英文基础相当深厚。她说,50年代北大英文系使用的苏联英文教材,也就相当

《生活》"传承"专号

于她十岁时的阅读水平。她还不止一次向记者提起考入大学时的情景。那是1949年,十五岁的朱虹虚报成十八岁,参加辅仁大学入学考试,家人去看考试结果,从榜末一一看来,看了十几个,没有朱虹的名字,回来说,完了,你没考上。朱虹不信,骑上自行车自己去辅仁大学门口看榜,她从榜首看起——第一个就是自己的名字。

次年,朱虹转学到北京大学,在转学考试发榜时,同样的喜剧又发生了一次。

当时的北京大学,还处于鼎盛时期,给朱虹这一班讲翻译的是潘家洵、朱光潜,讲英诗的是卞之琳,一时辉煌。但已经不可能有西南联大时期的风流了,运动层层碾来,运动中的人们很难停下来,去思考、回忆。直到90年代,朱虹猛然发现自己六十岁了,继而想到,自己的老师在六十岁的时候挨批,被下放到农村锻炼、改造,那该是什么样的痛苦?朱虹非常懊悔:"我当时怎么没有体会到他们的痛苦啊!"

此前她从未想到这些,此时像是另一个人从她心里把这些话拽了出来,突然、迅猛,一经翻腾起来,就不断重复。在回忆和交谈中,人们事实上是在面对历史,而无法进入。凝视十多岁、二十岁、四十岁的自己,朱虹不断地从过去拉回到现在,每一次拉回,都是一次自责。我记住了她曾两次提到的词:伤口。

卞之琳曾经对朱虹说,你从来没有年轻过,我希望将来你老了么,也不要太老。忆及此事,朱虹大笑。的确,我面前的朱虹谦和、坦然,因此不显老态。初次见面时,看她仍然驼背,笑着伸出两只宽厚的手掌:你好啊,我叫朱虹。她没有"老人之气",有的是承自老一辈学人的君子之风。

才子卞之琳

要说我的导师,应该算是卞之琳。大学的时候,他是我的教授,我毕业分配到社科院文学所西方组(外国文学研究所的前身),他也调到那里当研究员,我变成卞之琳的小徒弟。卞之琳这个人,我觉得真是一个才子。他在北大开"英诗"课,开"精读"课,完全是按自己的喜好讲课,比如"英国文学"的精读课他选了一个伊舍伍德,两本小说《紫萝兰姑娘》和《再见,柏林》,一讲就是一个学期,让我还以为这就是英国当代最伟大的作家。

话虽然这么说,可是我们用一个学期的时间读薄薄的两本小书,可以说充分领会了"精读"的妙用,享受了伊舍伍德那洁简而含蓄的叙述风格。何况,根据《紫萝兰姑娘》改编的轻歌剧 *Cabaret* 至今还是很多剧场的保留节目,而根据伊舍伍德的半自传小说 *A Single Man* 改编的艺术影片不久前在英、美等英语国家上演。现在回过头去看,卞先生领我们二年级的学生精读原著,扎扎实实地学语言,我觉得应是高校英语课效仿的典范。除了精读小说，卞先生还教英诗，记得有一首17世纪的情诗，大致意思是，你把你的心交给我，我把我的心交给你，锁起来……之类的。卞先生就说，这是文艺复兴时代资产阶级意识的萌芽，爱情都是等价交换……也难为他了。

后来在50年代初的"知识分子改造"运动当中就拿这个例子批卞先生是庸俗社会学。我现在想起来，很能体会他们的心情了。从气质上、学识上，他们难以适应解放以后意识形态方面的要求，但是他们强迫自己适应，要扭曲一些东西，也难为了这些老先生，但是他们怎么做也还是不够，还得批判。

还有一点是，学生批卞之琳似乎有一种sadism，虐待别人而自己得到快乐，群体里没有一个人为此负责，大家一哄而上，没有风险，没有羞耻感，似乎批斗卞之琳"有趣"。为什么说斗卞之琳"有趣"呢？卞之琳凭英国文化委员会的邀请访英，还没有满期，本来可以待在英国，可是全国一解放，他就坐飞机回来了。他解释说，是自己爱慕了十年的女朋友要跟别人好了，他就赶回来了。这反而成了别人批他的材料，而且批起来兴致勃勃。我后来经常想，老卞他怎么就不把回国这件事变成政治资本，倒反而弄成了人家的把柄！真是天真老实啊。就凭这一点，我也敬他。

卞之琳这个人有好多东西让你生气，让学生着急。他经常迟到，一上讲台就解释他为什么迟到。为什么呢？因为他睡觉不好，吃安眠药，安眠药到后半夜才起作用，所以该起床的时候醒不来。运动的时候大家都整他:"那你为什么不提前吃安眠药?"就是拿他耍,从中得到一种乐趣。

有一件事,我终生难忘。1993年,哈佛—燕京学社的主任韩南请我吃饭。我们是老朋友了,谈到年龄问题,他说,我们两个同岁,你也六十岁了,有什么感想?我从来没想过这个问题,哎呀我六十岁了,我忽然想到我的老师六十岁的时候到乡下去,去锻炼、去挨批,他们是什么滋味啊,我现在六十岁,让我去受那样的罪,我可受不了啊,他们是怎么熬过来的?我怎么没有设身处地地为他(她)们想一想?都是我的老师、我的长辈!

应该是新世纪的那一年,一个偶然的机会,我和北大老同学文美惠、宋耀南一起到干面胡同去看望卞先生。那天他一个人在家,见了我们,认出来了,还都记得,只是无心回答我们那些照例的问候。他冲着我问:"你在美国读过巫宁坤的《一滴泪》那本书吗?"我说:"哦,马马虎虎随便翻翻。"他又问:"那里提到我,你知道吗?"我答不出。卞先生就告诉我们:"作者说,卞之琳是一个好人,虽然他是一个共产党员……"对我来说,这可是新闻,一时不知怎么反应。接着,卞先生话题一转告诉我们,他为干面胡同的房子问题(可能是漏水,记不清了)写告状信,《北京晚报》竟然给发表了!当年卞先生的大作《莎士比亚悲剧论》成书出版,我也没见他脸上有那样的喜色。这就是卞之琳!

路过一个巨大的宝藏

我想得最多的还是朱光潜。50年代的思想改造运动中他是重点,全校开大会批他,还编了歌儿:"朱光潜,你要——彻底改造——"到处唱。他就那么小一个人,那么弱,他穿衣服非常非常朴素,从来都是布衣布鞋,从来不穿皮鞋,在台上低着头,更显得瘦弱了。

我那时候根本不懂朱先生的学术思想,就在后面跟着嚷嚷,正因为出身不好,就更要把自己融入群体才有安全感,根本不去想我自己要怎么认识、看待朱先生。

事实上,朱光潜真是我的恩师,他其实就给我们上过一个学期的翻译,但这堂课对我的一生有决定性的影响。他教得好,我就把翻译当成我这一生最想做的一件事情,就想做翻译,就想像朱先生教的那样做下去。

第一次上课,我当时不知道朱光潜,就听别的同学说,他是水平最高的,学问大,人也严格。他一上讲台,我非常惊讶,他那么平凡,布衣布鞋,不比别的老师那么有派头。但是他一上课我就被征服了。他的话不多,但字字句句都是真金。我们的翻译课,一个星期是英翻中,一个星期是中翻英。朱先生每次都认真看过学生的作业,上课就在黑板上举出同学们对一个句子或一个词的多种译法,然后让大家评论其中的得失。最后他自己再解释好在哪儿,坏在哪儿。我模模糊糊记得,中翻英方面,我的句子经常被作为成功的例子,可是具体的说好在哪儿,打死也想不起来了。倒是有一个失败的,我记得很清楚。

也难为朱先生,他不用西方名著给我们做翻译练习,生怕用错,就选用报纸上的资料,有一篇报道叫做《与冰的斗争》,描写朝鲜前线的志愿军怎么样凿冰。同学们把标题翻成"the struggle with ice",但是我想到斯坦贝克有一个《人鼠之间》(*Of Mice and Men*),我就把我的这篇作业的标题翻译成 *Of Ice and Men*,我很得意,套用了一个名著。没想到朱先生在黑板上给我写出来了,但不是作为表扬的例子,而是作为批评的。他说你就为了好听,显摆你知道名著,没有翻出原文的意思。如果要套得好,就好极了,但你这个套得不确切,做翻译,你要知道一个字词的全部含义,及其在不同情况下引起的联想……

整个翻译课,改变了我的一生,尤其是中翻英,它有那么多乐趣,我能用上所看过的书,所积累的字词、成语、短句、诗行……这里都能用上,乐趣太大了。我在做翻译时,经常想起朱先生和他的教导。我提醒自己,别光求译文表面上的顺、华丽。文学翻译,就是进入原著,要把那独特的情绪、气氛、情调都传达出来。

朱先生特别严谨,总是淡淡的,非常平和。也有人说他拘谨,不苟言笑。有一次,翻译课上讨论"诅咒"怎么翻译,聪明、活泼的潘若白同学模仿朱先生的安徽口音,说他把"诅咒"念成"走捧",大家都笑了。朱先生不笑,也不生气,根本没当回事。

朱先生是我所认识的人当中做人最正的一个。挨斗的时候,要的人有花招:要么动静很大,虚造声势;要么哭哭啼啼,话里藏刀;要么很卑微、很屈辱地骂自己,只求过关。朱光潜被整得最厉害,遭受的伤害最深。他不辩解,不作任何表演,尽量从思想理论上去挖掘、去"想通",但始终保持个人的尊严。我亲眼见他认真学俄语,从原文读马列主义著作。我当时心里想,那些改造别人的人未必有这样的真诚、下这样的功夫。先生该是多么痛苦,面对自己不辞辛苦教过的孩子们,现在冲他瞎嚷嚷。可是在"文革"结束以后,他从来不提这些事情。

70年代以后,外国文学界组织什么活动,常常都请朱先生,他不在意头衔,但是有具体事情,他都做得特别认真。我经常去请教他,他从来不谈私事,不谈自己的,也不打听别人的。外国文学界那个小天地,是是非非,说东道西,他提都不提,问都不问,不在他的眼里。见面,他就是送给我书,谈翻译,谈读书。

1988年,朱先生病了。那时候我们很穷,上有老下有小,很穷很穷。我最后一次去友谊医院看他的时候想买一束玫瑰,有六支的,有十二支的,我很想买十二支的,但是这样就挖的窟窿太大了,我买了六支玫瑰给他带去。这件事情在我就像一个伤口似的,隐隐发痛。他倒没有表现出什么来,师母说哎呀你还带花来。我很后悔:怎么就没多花几个钱,买一束大一点的玫瑰,再挖一个窟窿,怎么的也能活过去。这个遗憾,永远无法弥补。一个礼拜之后,朱先生去世了。

还有一件事情,我必须要提。也是 80 年代,北大开了一个会,纪念朱先生执教六十周年,也算是对朱先生的一个补偿。会上聚集了一些领导、学者和过去的学生,讨论、总结朱先生的成就。北大西语系有一位同志,从学生时代就担任要职,她发言说,朱光潜先生的优点是在历次批判中,善于承认自己的错误……并就此发挥了一番。我当时听了很不舒服,朱先生的优点居然是善于承认错误?我们欠了朱先生这么多,我们自己错过了多少向朱先生学习的机会,怎么还能说出这种话呢?我很想站起来反驳,但是我没有。在心里把自己要说的话,说了千百遍,可是当时没有开口。从小以来的自卑心理,不敢当众发言,怕得罪那些得势的人。我没有在朱先生需要一句公道话的时候站出来说一句话,我一直非常懊悔、惭愧。回去的路上,我跟冯至所长回京,冯先生说:"你应该说话!"我更惭愧得无地自容。

比起送花那一次,这是更大的一个伤口。

朱先生是我的偶像,我常常想起他,感受到他的人格的力量。作为学生,我好像路过一个巨大的宝藏,我不认识这个宝藏,随便拿了一点,这一点就够我用上一生了。

2006 年 9 月

我的最爱

阅读与超越
——读《傲慢与偏见》第一章

我们读完《傲慢与偏见》,如果回过头来重温第一章,也许会发现,原来,我们阅读的角度、我们的倾向性,从第一章开始就受到作者的暗中操纵。

翻开第一章第一句话,我们不难看出,这句众所周知的名言不是作者的真话,虽然它是以普遍真理的形式摆在我们面前的。"举世公认"的提法是那么夸张,我们不可能无条件地接受下来,我们在心理上保持着距离。下半句"有财产的单身汉必定需要娶妻",这种不近情理的提法、这种措辞使我们更加警惕。我们不自觉地产生了一个疑问,这"需要"(in want of)是指这些单身汉的主观要求呢,还是指一种他们自己不一定意识到的客观需要?这种模棱两可的措辞使我们更加排除这种真理的普遍性。我们已经意识到这不是作者自己的信念,我们听得出来,作者自己好像站在高处、站在远处说话,她的声音是超脱的,与她陈述的"真理"保持距离。她在说,这是别人的真理,不是她的。是谁的呢?是周围那些有待嫁的女儿的人家的。他们不仅有这种愿望,而且认定这种男人按理就应该属于自己的女儿,随便哪个女儿。问题提得这样荒唐可笑,我们不能跟这类人认同。我们随着作者退到高处、退到远处,跟作者一样,从一个优越的心理高度对待正在我们眼下展开的故事。

紧接着,班奈特先生书房里的一场戏证实了我们的猜想:班奈特太太就属于抱有上述主观偏见的人。所谓"举世公认",只不过是她自己,还有朗太太、卢卡斯夫人等的一厢情愿。回过头品味第一句话,我们更加感到,作者从一开始就在说反话。全书的基调,以及我们自己的阅读和欣赏的情绪,也就这样定下来了。

通过班奈特夫妇的对话,我们了解到,附近奈泽菲尔庄园被一位单身汉彬莱先生租下来,根据班奈特太太的情报,别人家有女儿的父母都要亲自出马,结交这位青年。班奈特太太唯恐落后,特地到书房跟丈夫谈判,希望他积极配合,主动拜访彬莱先生。男主人首先登门拜访,女客才能露面,这是当时的规矩,然而班奈特先生偏不合作。

其实,他早已决定拜访彬莱,我们仔细看那段对话就会发现,他不是拒绝拜访(事实上他是去了),而是拒绝把一次拜访当做嫁女儿的步骤。夫妻二人的对话是一场阴差阳错的文字游戏,一次智慧与愚蠢的较量。太太假定,拜访彬莱的必要性、迫切性是不言而喻的,是夫妻之间的默契。班奈特先生却装糊涂,非要太太把事情挑明。他故意问:是什么什么样的人,单身还是有家……引得太太情不自禁地说:"自然是单身的,那还用说。一年四五千磅的进款哩!咱们家的女儿好福气!"班奈特先生还装糊涂:"这跟女儿有什么关系?"他问。太太还没有听出味儿来,认真地回答:"我是想,最好他娶我们的一个女儿。"——"他怀着这种计谋迁居此地?"班奈特先生用一个特别夸张的词"计谋",一个与恋爱结婚安家极不协调的词,以此显出班奈特太太的估计多么不现实。然而班奈特太太完全没有觉察丈夫的"计谋",她"把棒槌当针",老老实实地回答:"他可能会爱上哪一个,因此他人一到你就得上门拜访。"班奈特先生的"计谋"得逞:在他的要弄下,班奈特太太把话说得很直——想方设法嫁女儿!

经过这几个回合,班奈特太太一再用自己的话把她那可笑的、急于嫁女儿的心愿赤裸裸地暴露无遗,我们目睹这场智慧对愚蠢的较量,改变了起初的超脱态度而渐渐找到了一个立足点:我们跟班奈特先生认同,跟他一起嘲弄班奈特太太。

班奈特太太把话说得那么露骨,先生没法再装糊涂,于是改变策略,装死心眼儿:"你们自己去吧。我写个便条给他,同意他随便娶我哪个女儿。不过我得替我的小丽萃说几句好话。"班奈特太太再次上当,认真跟先生争论起来,引得班奈特说了一句心里话:"这些孩子都没什么出息,各个愚蠢无知,跟眼下一般女孩子没有两样。只有丽萃比姐妹们脑子机灵。"经班奈特先生这么一明说,我们也不自觉地把丽萃,即伊丽莎白,包括在认同的范围以内。总之,是非明朗了,清醒明智与盲目愚蠢之间的界线划清了,我们在班奈特先生(包括女儿丽萃)与班奈特太太之间做了选择。通过这第一章,我们阅读欣赏的视角调整好了,我们是从明智与愚蠢这一对矛盾的角度看问题。我们从此读下去,在情绪上都是与班奈特先生和丽萃父女二人站在一起,用他们的眼光审视班奈特太太及其有关的蠢人蠢事,从中取乐。

只有这时,在调整了我们的视角、控制了我们的反应之后,作者才走出来,用自己的口气说话,对班奈特先生和太太从正面进行评价:班奈特先生的脾气是"机智"、"讽刺的幽默"、"矜持"的混合物;至于太太,她"智力低下"、"知识贫乏"、"喜怒无常"。

进入了作者设下的魔圈,我们对她的话自然坚信不疑。

我们戴着有色眼镜进入《傲慢与偏见》的艺术世界。故事开始时,年进四五千磅的彬莱先生以及班奈特先生的财产继承人——愚蠢的柯林斯牧师——都是"奖品",高高悬在那里,看谁家的女儿有那份福气。班奈特太太本来信心十足,一心想把大女儿嫁给彬莱,把她最不喜欢的二女儿伊丽莎白打发给柯林斯牧师。她频频施计,然而她的计谋又总是落空。在第一卷结束时,她的全部希望破灭。第二卷,即故事的中间部分,班奈特家的两个大女儿都出门在外,躲避了母亲的干扰。而到了故事的最后部分,三个女儿都嫁出去了,尤其是两个大女儿都嫁得很如意,然而那全是在班奈特太太的策划之外实现的。事实上,正是她自己那些不得体的言行成为女儿们婚事的最大障碍:达西想到这么一位颠三倒四的丈母娘而迟迟下不了决心向伊丽莎白求婚,彬莱也因为同样原因被自己的亲戚朋友实行了"保护性隔离"。因此,整个故事的发展是对班奈特太太的嘲讽。她"越帮越忙",把正经事搅得乱七八糟,不断给班奈特先生提供笑料,不断使女儿伊丽莎白为她难堪。她的言行都严格遵循作者为她设定的喜剧性角色。

仔细一琢磨,仅仅这样理解《傲慢与偏见》又不能令人满意,这里显然是漏掉了什么。以班奈特先生和伊丽莎白为一方,以班奈特太太、小女儿丽迪亚、柯林斯牧师等为另一方的明智与愚蠢之间的戏剧性对抗还不能概括作品的全部内容。我们突破这一个平面,深入一层,就不难发现,"明智者"集团的代表不是也干蠢事吗?关于伊丽莎白与韦翰的一段描写,作者显然有意揶揄:韦翰的谎言破绽百出,我们从叙述中都觉得出来,可是伊丽莎白听不出来。这时的伊丽莎白不也在扮演愚人的角色吗?再如班奈特先生,在小女儿丽迪亚与骗子韦翰私奔事件中,他一筹莫展,丝毫不见智慧长者的权威。更何况,在整个事件中,班奈特全家不分愚人还是智者,都一致盼望这一对男女快点正式结婚以保住脸面,哪怕丽迪亚婚后遭殃也在所不顾。在这点上可以说,班奈特先生和太太都糊涂到一块儿去了。然而,作者在描写这段插曲时做了巧妙的处理:她把光线聚集到班奈特太太身上。面对家庭危机,这位太太不仅束手无策,而且还躺在床上耍赖,干扰别人的正事。作者把整个事件喜剧化,转移我们的注意。我们只顾嘲笑班奈特太太,忽略了作为不称职的父亲的班奈特先生。

更重要的是,虽然作者也表现了班奈特先生及伊丽莎白的糊涂可笑,但她沿袭18世纪时态小说的模式,把伊丽莎白的过失表现为少女成长过程中的一个环节,事后伊丽莎白认识到自己"盲目、偏心眼儿、有成见、荒唐"。班奈特先生也在丽迪亚事件中说了自责的话,这样就抵消了他自己的过失的分量。至于班奈特太太,完全是另一回事。她经过这场家庭丑闻,什么也没有学到。作者突出描写她在丽迪亚凑合结婚后的狂喜、在全家蒙受耻辱时她对服饰的不合时宜的关注……以此说明,班奈特太太依旧是"时常颠三倒四,时时事事愚蠢可笑"的班奈特太太。相反,由于作者坚持的嘲讽基调和喜剧性处理,犯有过失的班奈特先生和伊丽莎白在全书中依然保持着智慧的中心和精神上的优越地位。我们照旧跟他们认同,用他们的眼光看待一切。

兜了一个圈子又回到原来的出发点,这时我们才发现,只要我们按着作者的摆布、从她给我们调好的视角看问题,我们对《傲慢与偏见》的理解就只能限于班奈特先生与伊丽莎白为一方和班奈特太太与丽迪亚等为另一方的明智与愚蠢喜剧性对抗的基本格局。我们的眼光被封闭在这个格局里。追溯原因,我们会发现,这源于作者对语言的操纵——叙述、对话和正面评价时使用的语言把我们置于她的魔力之下,使我们只能从她给我们规定的视角看问题。

如果我们充分意识到这一点而采用一个自觉的行动,摆脱这个视角而选择另外一个角度,譬如说,从社会现实、经济事实的角度来观察这同一素材,那么班奈特一家的故事就立刻呈现完全不同的景观。从一开始,局面就是严峻的。班奈特太太到书房找先生商量抓紧时机嫁女儿的问题绝不是出于什么癖好。根据遗嘱的附加条件,班奈特先生的田产在他死后要由他的姨表侄柯林斯牧师继承,他的妻子和五个未嫁的女儿将一无所有。在这个背景上,第一章最后一段话"对她来说,人生大事就是把女儿嫁出去……"就失去其讽刺揶揄的意味而含有生存斗争的迫切性。

在整个故事中,这个遗嘱的附加条款像个德谟克拉斯的剑悬在班奈特一家人的头上。然而,从智慧和愚蠢这一对矛盾的喜剧性角度看问题,这个重大问题完全被忽略,只有班奈特太太一个人把它放在心上。书中几次提到这个遗嘱都是由她挑起的。然而每次作者都是采取滑稽化的处理,令人好笑。她追着伊丽莎白嚷嚷:"你不嫁人,等你爸爸死了谁养活你们……"①说得赤裸裸的,显得那么粗俗,其实仔细想想,都是大实话。在这个重大问题上,"明智"的班奈特先生有何作为呢?他结婚已四分之一世纪,在这二十五年中,从来没有积蓄;他怀着侥幸的心理,希望有个儿子继承财产,当他不得不放弃这种希望时,已经来不及积蓄了。于是他回避这个问题,被妻子追问得实在躲不开时,他说:"我死在你之后这个问题就不存在了。"②我们只顾欣赏他的俏皮,却忽略了这句话的分量。

班奈特先生在整个故事过程中扮演嘲讽者的角色,而且主要以太太为嘲讽对象。班奈特太太像一块磨刀石,她的蠢话总能使她丈夫的机智迸出火花。事实上,二十多年来,班奈特先生与他太太的关系仅仅在于"她的愚蠢为他提供笑料"③。不仅如此,班奈特先生整个的人生态度就是嘲笑,他追求、他期待蠢人蠢事的出现以便从中取乐:柯林斯牧师的来信混着谦卑与自大,在班奈特先生看来"有好戏","我迫不及待想见见他"④。大女儿吉恩

---

① 《傲慢与偏见》,王科一译,上海译文出版社,1985年,I卷20章。
② 同上书,I卷23章。
③ 同上书,II卷19章。
④ 同上书,I卷13章。

爱情失意,小女儿胡闹,当然还有太太为嫁女儿所做的可笑努力,他都一概嘲笑。他说:"我们活着还不是给别人取笑,翻转过来再笑他们。"① 比起班奈特太太一心要嫁女儿的"人生大事",班奈特先生的人生信条不仅更荒唐,而且十分恶毒,简直带着一股冷飕飕的邪气。角度一转,就另是一番景观。

总之,以痴心妄想的"举世公认"开始,以依然如故的"颠三倒四"、"愚蠢可笑"结束,《傲慢与偏见》中嘲讽的基调贯彻始终。然而作者设在我们周围的魔圈不是封得死死的。奥斯丁的伟大在于,她调整我们的视角、控制我们的反应,但又留有余地。她把事实素材全摆出来,不垄断、不隐瞒、不歪曲。她选择了一个角度,但留下许多线索,允许我们探视别的可能性、别的视角、别样的格局。在"举世公认的真理"之外还有别的真理,她要我们自己去探索。

---

① 《傲慢与偏见》,王科一译,上海译文出版社,1985年,Ⅲ卷15章。

禁闭在角色里的"疯女人"

《简·爱》有两个妇女形象,一个是简·爱,还有一个是罗契斯特的妻子伯莎·梅森,即关在阁楼里的疯女人。

伯莎·梅森的形象是怎样烘托出来的呢?《简·爱》一书采用自传体的自述形式,女主人公简的形象是结婚十三年以后由她用自己的语言从正面描绘的。关在阁楼里的疯女人伯莎·梅森没有这等机会:她的故事、她的形象是由对她实行禁闭的丈夫罗契斯特从反面叙述的。

在《简·爱》中,教堂里的婚礼被迫中断以后,罗契斯特第二天向简交代他与阁楼上的疯女人结婚的经过。这是关键性的一次谈话。他必须说清当初何以娶了那个疯女人,事情又怎么弄到不得不把她禁闭起来的地步。这次谈话关系重大,它将决定罗契斯特能否取得简的信任与谅解,同时也必然涉及伯莎·梅森是怎样一个女人。罗契斯特必须证明:那时有那时的情况,那样做是对的;这时有这时的情况,这样做也是对的。罗契斯特要说服简,还是费了一番心思的。

首先,为确立自己的清白,罗契斯特必须证明他的婚事是一桩骗局。他爸爸要把产业完整地传给大儿子,于是为他——分不到遗产的小儿子——筹划了一门有利可图的亲事——西印度群岛的种植园主梅森先生的女儿、有三万英镑陪嫁的伯莎·梅森小姐。罗契斯特对简说自己当时是个"瞎了眼的傻瓜","几乎还没有弄清究竟是怎么回事就跟她结了婚"。罗契斯特沉痛地自责,但也不忘对这"傻"加以限制——若样样傻、事事傻,一傻到底,就会损害自己的形象。他强调自己当时"无知,不成熟,缺乏经验",在伯莎·梅森的魅力和社交场合的刺激的双重作用下失去自制。这是青年人容易犯的过失。

罗契斯特在这段交代中顺便带了一笔,说父亲撮合他与伯莎·梅森的婚姻时只提她的美貌,未提她的嫁资。知子莫如父,老罗契斯特不提金钱二字,显然是知道自己小儿子品格之高洁,若知晓这其中的交易,定会断然拒绝,愤然离去……这是读者在阅读中自然而然形成的印象,正全神贯注听这番倾诉的简也是同样。"父亲没有提到她的钱",这漫不经心的附加语,是画龙点睛的一笔,凭着这一笔,罗契斯特牢牢地确立了自己动机的纯洁性。

他可以糊涂,但绝不贪财。淡淡地提到这笔钱,是要读者忘记这笔钱。

请注意,罗契斯特在打马虎眼儿。他的时间概念过分准确,倒反而露了马脚。他大学刚毕业,父亲差他去西印度群岛的牙买加向梅森小姐求婚,只字不提钱财一事。我们接受他的说法,假定这是事实,那么他是什么时候知道了背后的交易呢?以他品格之高洁,一旦发现这笔交易,他作什么感想,有什么反应,那该是多么戏剧性的场面!罗契斯特却只字不提。他宁愿以彼时彼地对嫁资的无知来迷惑视听,让简,当然还有读者,产生错觉,似乎他与这笔三万英镑的嫁资始终无缘。这可以说是用真话掩盖真相的一个绝招。

罗契斯特急于向简表白自己,看来情真意切,哪里顾得上咬文嚼字?然而,为推脱自己与这笔钱的关系,又十分注意措辞——"梅森先生愿意给他的女儿三万镑"。这也是一种似是而非的说法。在当时的英国,已婚妇女无权掌握自己的财产,结婚后一切财产归丈夫支配,直到1871年通过已婚妇女财产法,这种情况才有所改变。梅森先生的三万镑不是给女儿的,而是给女婿的,罗契斯特心里一清二楚。一个词的"错"用就可以达到混淆视听的效果。但接下去他说漏了嘴,提到"我的湿漉漉的花园",指的就是伯莎·梅森带过来作为嫁资一部分的庄园。

交代完结婚的缘由,罗契斯特来了一个时间上的跨跃,说"四年以后",他的长兄和父亲相继去世,"现在我够富裕的了",潜台词是疯子的嫁资对他可有可无。

这也是在打马虎眼。这次,罗契斯特的时间概念又过分含糊,也露了马脚。他说"现在"(四年之后)自己富裕了,那么在这以前呢?这四年是怎么过来的?罗契斯特对简诉说自己与伯莎·梅森共同家庭生活的苦恼,说东道西,却回避了基础的东西——吃饭问题。我们为罗契斯特填上这个空白,那就是:他,一文不名的大学毕业生,按父亲旨意,一头扎到牙买加首府西班牙城远近闻名的阔小姐伯莎·梅森的怀抱,与她闪电般地结了婚,住进她的那处附带着"湿漉漉的花园"的庄园,吃着用着她那三万英镑的嫁资。罗契斯特在开始这篇自白时声称他要使简"知道一切",看那洋洋洒洒大块文章,却只有序幕和尾声,忽略了作为主体的四年整。

显然,交代了婚姻的骗局,罗契斯特宁愿从四年以后捡起话题。伯莎·梅森狂暴的发作使他无法忍受,把他折磨得几乎自杀。这时,照他说来,大写的"真正的智慧"为他指路——出走。这似乎是天意,实际上是财力——正是这个时候,他继承了全部家产,有了财力,他可以摆脱对妻子嫁资的依赖,甚至还能以丈夫、家长的身份把她禁闭在自己刚刚到手的桑菲尔德庄园。两件事——继承产业和禁闭妻子——在时间上紧紧衔接,后者以前者为条件。罗契斯特在叙述时把两件事分开说,使听者忽略其间的联系,好像这次家庭生活的变故是出于感情原因。罗契斯特把妻子打发走后,自己腰缠万贯浪迹欧洲,却自比"鬼火",做出唐璜式愤世嫉俗的姿态,他是在渲染感情色彩,掩盖他与伯莎·梅森的婚姻从缔结到破裂贯穿始终的利害关系。

通过这一席话,罗契斯特塑造了自己的形象:一个被命运播弄的高贵青年,生活中的受害者。他不仅是父亲和长兄的受害者,也是被他关闭的妻子伯莎·梅森的受害者。罗契斯特就这样确立了自己与伯莎·梅森的关系。《简·爱》中除简·爱以外的另一个女人的形象就这样颠倒着、歪曲地呈现在读者面前。

还是回到罗契斯特的表白吧。与伯莎·梅森结婚的问题解释通了,只达到这番表白的一半目的。他下一步要确立伯莎·梅森"恶魔"的性质,只有这样才能彻底洗清自己,以正人君子的姿态站在简的面前。于是描摹伯莎·梅森的丑恶形象成了他全部论证的核心。他在表白的一开始就对简说"假如你知道她的为人……",他要对关在阁楼里不能为自己辩护的女人进行缺席审判。现在,他改变策略,不打马虎眼儿,不用半吞半吐的半截子话掩盖真相。不,这时他诉诸语言的魔力,使我们在最高级形容词和最刺激性名词的连续轰炸下头脑麻木,失去分辨能力,接受所有这些辞藻的灌输。于是伯莎·梅森"恶魔"式的形象就在读者的想象中确立起来。

当解释自己何以上了父亲设下的圈套时,罗契斯特说自己是被伯莎·梅森的"美貌、魅力和才艺"迷住了。婚后,他发现伯莎的母亲是疯子,一直被关着,一个弟弟也是白痴。他退一步,承认这一切"不是责难妻子的理由"。可是接着,"理由"就一个一个端出来了:"趣味低下"、"心灵平庸"、"心胸狭窄"逐渐升级为"粗俗"、"陈腐"、"乖戾"、"蛮不讲理"……又进一步升级为"邪恶",最后来了一个质的飞跃,也是盖棺论定的一句话:"一个声名狼藉的母亲的忠实的女儿"、"淫荡的妻子"。就这样,我们被不断升格的辞藻牵着鼻子走,不知不觉地接受了这个被越抹越黑的伯莎·梅森的形象,甚至还来不及想一想,问一问:一个美貌的少女,婚前是大家闺秀,婚后隐居偏僻的庄园,怎么就成了"淫荡的妻子"、"纵欲的疯子"?语言的操纵力和辞藻的煽动性就有如此的功效。

罗契斯特对伯莎·梅森的抹黑术从两个方面下手:先是疯,遗传性的疯病把患者排除于人类共同理性的交流之外,但总还引起怜悯;罗契斯特又加上一笔,"放纵",说伯莎·梅森由于放纵而加速了遗传性精神病的发展,于是问题的性质就变了,伯莎·梅森成了女性中不可接触的龌龊之物,完全排除在人类同情心的范围之外。罗契斯特演说的目的完全达到了。他自己的光明形象和伯莎·梅森的丑恶身影就这样确立起来。

当然,这不是事情的真相,不是真正的伯莎·梅森。

按照《简·爱》中所展示的生活本身的逻辑,伯莎·梅森完全是另外一个人。即使从罗契斯特的不自觉的透露中,我们也能窥见一个为三万英镑而被出卖的少女的影子。她在桑菲尔德庄园的几次出现,绝不仅仅是为小说提供恐怖气氛,她的每一个举动都是一个受迫害的女人的内心流露。在简·爱结婚的前夜,伯莎·梅森捧起那块高贵的头纱,想起自己的初婚……通过放火烧床帷和持刀行凶事件,我们看到她对罗契斯特的仇恨和报复。她说她要"吸干他心里的血",她要为自己从一个人人趋奉的高贵小姐堕落为一个疯子而对罗契斯特进行报复。最后,她一把火烧了桑菲尔德——罪恶的金钱的堡垒、男性统治的中心、女人的监牢和地狱。完成了报复,她自己毅然跳入火中。大火闪烁着复仇的狂喜熊熊燃烧,令人兴奋。总之,我们在疯狂的背后,看到了一个女人的挣扎、反抗,听到了一个女人凄厉的呼喊。

伯莎·梅森的形象是割裂的,是两个截然相反的形象的撮合:一个纸扎的"情节剧"式的"坏女人"角色,一个活生生有血有肉的受迫害的女性——一个取决于公式,一个源渊于生活。

伯莎·梅森的形象是割裂的,不是因为罗契斯特的表白与《简·爱》故事的叙述之间存在着矛盾。无论是罗契斯特的表白,还是《简·爱》中的侧面暗示与不自觉流露,都出自夏洛蒂·勃朗特的手笔。问题在于:夏洛蒂·勃朗特的《简·爱》本身是割裂的,是两种小说的重合。

《简·爱》是现实主义小说杰作,从妇女意识的角度看,是炽烈的女权主义宣言。但另一方面,《简·爱》也是"情节剧"式的通俗小说,在充斥市场的各类通俗小说中,应归入最富有刺激性情节的"刺激"小说(sensation novel)之列。这类小说是女作家的专门领地,以女性为题材,故事情节紧张,充满了凶兆、阴谋、暗杀、通奸、重婚、乱伦、疯子、白痴,虽然缀上惩恶从善的说教,但基本上以追求刺激,尤其是性的刺激为主要目的。《简·爱》具有"刺激"小说的一切成分:令人毛骨悚然的笑声、阁楼里的疯女人、不可告人的隐私、图谋杀人的暴力、未果的重婚阴谋……整个作品弥漫着恐怖、神秘、暴力和性的暗示,是"刺激"小说的标准货色。不仅如此,1847年出版的《简·爱》还被认为是"刺激"小说的先驱,有评论指出,"紧接在它之后,家族的秘密和被禁闭的疯子在小说作品里不可思议地繁衍开来"[①]。《简·爱》中那个放纵、图谋杀人的女疯子伯莎·梅森正是这类"刺激性"小说里的典型角色。

从最低层次上说,《简·爱》就是一部富有刺激性的三角关系的"情节剧"。罗契斯特、伯莎·梅森和简·爱构成"丈夫——妻子——情妇"一个三角形。作为遭受感情挫折的纯洁少女,简·爱在这个三角关系中始终占据中心地位。读者在感情上与她认同,急她所急,想她所想。从阅读心理上说,读者被一个简单的悬念牵动着,就是简·爱怎样才能克服罗契斯特发妻——疯女人——的

[①] 温·休斯:《地下室里的疯女人》,普林斯顿大学出版社,1980年,第8—9页。

障碍,与罗契斯特结成夫妻,达到这类故事中不可少的幸福婚姻的结局。在这个三角格局中,疯女人只是简的陪衬,以自己的丑与恶衬托出简的善与美;疯女人只是一个道具、三角关系中衡,最后将故事引导到一切"情节剧"不可免的大团圆而又不使读者扫兴。总之,借用一种不太确切的提法,《简·爱》是主流文学与通俗小说的结合,但这类结合难免有缝合不严的地方。伯莎·梅森的形象就是一个破绽。在她身上,《简·爱》一书的严肃主题,如表现妇女意识,就受到"情节剧"公式的干扰,也被"刺激性"小说的成分冲淡。罗契斯特某些装腔作势的姿态、简·爱自比"仙女"、"精灵"的自我陶醉都属于"情节剧"的廉价货色。这种干扰和冲淡的最集中的表现便是伯莎·梅森的形象。为了完成情节剧的公式、为了满足这类小说所要求的刺激成分,伯莎·梅森被打发到阁楼上充当"坏女人"角色。在对她的描写上,"刺激"小说和"情节剧"的要求占了绝对优势。这也是为什么我们在读《简·爱》时很少把伯莎·梅森当做一个有血有肉的剧中人,而往往只当作一个道具忽略过去。显而易见,伯莎·梅森作为一个受压迫女人的形象在《简·爱》中没有得到发挥。我们仅仅是通过书中一些不自觉流露的点滴才窥见一个女人的悲剧性的一生。

总之,伯莎·梅森不仅被禁闭在桑菲尔德的阁楼里,而且被禁闭在《简·爱》"情节剧"公式化的角色里。正如现实的伯莎·梅森常从禁闭室里逃出来一样,疯女人也常常从规定的角色里逃出来,露一露一个复仇女性的本色。英国现代女作家吉恩·黎斯挖掘了伯莎·梅森这个形象的潜在意义,根据《简·爱》中留下的蛛丝马迹,在自己的小说《茫茫藻海》(1960)①中从正面塑造了伯莎·梅森的形象——一个从小受歧视受迫害、嫁给罗契斯特以后被逼疯的女人,她对罗契斯特刻骨铭心的仇恨最后在一场大火中得到尽情的宣泄。

事实上,按照生活本身的逻辑,简·爱与伯莎·梅森同是受到男性压迫的姊妹,只不过小说所遵循的"情节剧"式三角关系的公式把她们摆在对立的地位。简·爱到达桑菲尔德不久,有一天独自站在屋顶上,对天发问,对女人的命运、对男性为女人规定的角色无比愤慨,她的话音刚落,背后就传来了疯女人的笑声,好像与简的话相呼应。是的,按照男性为中心的社会规范,女人要求平等的权利,就是发疯。简·爱与伯莎·梅森暗中的合拍在这里闪了一下,但在整个作品中被公式冲淡了。现代女作家多丽斯·莱辛却把这个潜在的意义挖掘出来,在自己的小说《四门之城》(1969)中描写了一个"现代的简·爱"——英国战后一个激进主义的单身女人玛莎,和一个"现代的伯莎·梅森"的故事。后者是林达,一位作家的妻子,她精神失常,一个人住在——不是阁楼——地下室里。玛莎曾与马克通奸,但最终与林达站在一起:她们俩

---

① 见朱炯强译:《疯妻》,漓江出版社,1989年。

一起出走,终于实现了她们的先驱者简·爱与伯莎·梅森所错过的互相认同。

研讨会,上海

原载《外国文学评论》1988年第1期

《简·爱》与基督教《圣经》

基督教及其《圣经》在西方国家有深广的影响,它不仅是信仰问题,而且早已成为社会文化的一部分,对于在那样的传统中教养出来的人来说,"《圣经》里的辞句和节奏,也会印在他的脑海,成为他思想组成的一部分……以至引用《圣经》的辞句的时候,都不知道是出自《圣经》"①。西方一些道德、伦理甚至法的观念都与《圣经》有关,即使美国的独立宣言也称"人被造出来是平等的……"因此在评论西方文学作品时,不仅要把社会、历史、文化、心理、语言诸因素考虑在内,看来也不可忽略基督教《圣经》的影响。《圣经》的辞句、比喻、隐喻、形象、典故、故事等在文学作品中比比皆是,数不胜数,有时索性

---

① 《简·爱》1847年10月第1次出版,同年12月再版附作者前言。

构成作品的题材,《失乐园》只是一例而已。而《圣经》在文学作品中的渗透和影响未必都是"思想局限"和"消极影响",英国空想社会主义作家,如威廉·布莱克、威廉·莫里斯等不都从《圣经》取材吗?

翻开《简·爱》,还没有进入正文,作者第二版前言①便定下一种基督教的基调。前言核心部分援引《圣经》写道:"亚哈不喜欢米该亚,因为米该亚对他作预言从不说吉话,单说凶言,也许他更喜欢基拿拿的爱谄媚的儿子;但是亚哈如果停止听奉承而听听忠告,他倒可以逃过一场流血的惨死。"②在这里作者把正义作家直接比作《圣经》中向暴君发出逆耳忠言的古代先知,她举萨克雷为这方面的典范,自己当然也包括在内。此外,这短短的一篇前言,从语言、文体而论,那抑扬顿挫,全然是《圣经》1611年"钦定"英译本的节奏,而且用词古奥,语气凝重,恰似希伯来先知的庄严告诫。

《简·爱》一书的叙述、对白和自白中有六十多处或引用《圣经》,或借用、化用其中的典故、故事、比喻和形象,行文直接提到上帝的地方更是数不胜数。尤其令人触目的是对小说的中心人物简·爱的塑造中所受到的基

---

① 《简·爱》于1847年10月第1次出版,同年12月再版附作者前言。
② 亚哈与米该亚的故事见《旧约·列王纪上》22:8。

督教《圣经》的影响。

简·爱从小在基督教的熏陶下成长。通过阅读、朗诵,潜移默化,《圣经》的语言和想象已变成她自己语言和想象的一部分。

小说里描写的第一个冲突是"红屋子"事件。简·爱的舅舅就死在里面,小简·爱在"红屋子"里关禁闭吓得几乎精神失常。她从绝望中获得拼死一战的勇气,怒斥舅妈,说她舅舅正从天堂望下来,注视着她的所作所为,说得这位太太瑟瑟发抖。小简·爱在人生道路上的第一次搏斗就是以基督教的语言和观念进行的。

简·爱离开舅妈家,到劳渥德学校学习,两个月后,她成绩优异,得到老师的夸奖和同学的爱戴,获得了自尊和自信。这时,她早已忘记学校里每日的饥寒,十分激动,脱口而出引用《圣经》说:"吃素菜,彼此相爱,强如吃肥牛,彼此相恨。"[1]

然而,《圣经》在《简·爱》中的影响绝不止于语言上的借用。我们跟踪简·爱的心路历程会看到,每逢简·爱感情激荡,不论是顺境还是逆境,她的思绪都会自然而然地转向上帝。简·爱与罗契斯特深深地相爱,幸福达到顶点,简曾一度自责:"我的未婚夫正在变成我的整个世界……他站在我和各种宗教思想之间,犹如日蚀把人和太阳隔开一般。在那些日子,因为上帝创造的人,我看

---

[1] 《旧约·箴言》5:17。

不到上帝;我把他作为我的偶像了。"①显然,简·爱这样自责,只能反过来证明她没有忘记上帝。紧接着是教堂婚礼上的危机,在她年轻生命的这最黑暗时刻,简·爱自比《旧约·出埃及记》中埃及一夜之间家家被杀尽第一胎男婴的一片凄惨哀号。她引用《圣经》描述自己的处境说那好比"水进入我的灵魂,我陷入深深的泥潭;我觉得没有立足之处;我进入深水之中;洪水淹没了我"②。这时,又是宗教给予她力量来忍受与罗契斯特分手的痛苦,她说:"只有一个想法还像活着似地搏动着——想起了上帝;这引起我喃喃地祈祷……'别远离我,因为苦难就在眼前;没有人帮助啊'。"③

简·爱从桑菲尔德庄园出走,像里亚王似地在荒野上流浪,一路上忍饥受饿,路过村镇时被人当做乞丐推出门外,但她毫不动摇对上帝的信赖。后来,她回顾这段屈辱的经历,深信那"一定是上帝在带领我继续前进"④。

还值得注意的是,随着阅历加深和思想日趋成熟,简·爱身上的基督教意识越来越强。如她幼小的时候不能接受海伦·朋斯对她宣扬的宽恕恶人的说教,可是成

---

① 《简·爱》,祝庆英译,上海译文出版社,1980年,第359页。
② 同上书,第389页。原文直接引用《旧约·诗篇》69:1—3。
③ 同上书,第389页。原文直接引用《旧约·诗篇》22:11。
④ 同上书,第422页。

人后在舅妈家破人亡的时候,她毫不犹豫地回去探望,无保留地原谅过去的一切。她回忆往事,借用《圣经》,心里念道:"是啊,里德太太,你让我的精神受到了摧残,尝到了可怕的痛楚。但是我该原谅你,因为你不知道你做了些什么。"①

作为一个涉世不深的少女——结婚时不过二十岁——简·爱面临的考验再大莫过于教堂的婚礼中断后自己的去向问题。当时简·爱面临的选择——与罗契斯特同居还是毅然出走,就她自己所意识到的层次而言,首先是个人格问题、个人尊严问题,用基督教的观点来表态,是抵御诱惑、保持灵魂不受玷辱,是心灵神圣不可侵犯问题。简·爱必须独立地做出自己的决定。尽管她感到"心弦被扯断",但是,"天良"像"暴君"一样"一把扼住'爱情'的喉咙"。简·爱明白自己的责任全部包括在"一个伤心的字眼里,'走'"。这是简·爱"心灵作的回答"②。她说:"我关心我自己。我越是孤独,越是没有朋友,越是没有支持,我就越尊重我自己:我将遵守上帝颁发、世人认可的法律。"③显然,简·爱所意识到的法律不单是世俗的法,她是忠于一种更高的原则才做出出走的决定的。

---

① 《简·爱》,祝庆英译,上海译文出版社,1980 年,第 19 页。原文直接引用《新约·路加福音》23:34。
② 同上书,第 414 页。
③ 同上书,第 416 页。

她整个的思考和判断过程都伴随着对上帝的呼吁,从开始的乞求"上帝帮助我吧",到最后的感激:"是上帝为我引路。"她是在宗教观念的支持下坚持住的,也规劝罗契斯特,"像我一样做:信任上帝,信任自己。相信天国。希望在那儿跟你再见"[1]。罗契斯特蔑视世俗的法与社会规范,要求简忠于一种更高的道德,即帮助自己获得道德灵魂的新生,但简说"一个流浪者的安宁或者一个犯过大错的人的悔过自新,决不应该依靠同类……让他到更高的地方去寻求力量来补救,寻求安慰来治疗他"[2]。也就是说,即使为了拯救罗契斯特的灵魂,简·爱也不为所动。

在暗自决定与罗契斯特分离的当晚,简·爱的心灵在睡梦中又一次接受宗教的启示,"神"假托月中人俯视着简,以远不可测而又近在心边的声音说:"我的女儿,逃避诱惑吧!"简·爱庄严地回答:"母亲,我会逃避的。"[3]原文里基督教用语"试探",这就把简·爱的这场危机提到《圣经·新约》所描写的耶稣受魔鬼"试探"的高度。而且像耶稣在受"试探"前禁食一样,简·爱从教堂里出来

---

[1] 《简·爱》,祝庆英译,上海译文出版社,1980年,第415页。
[2] 同上书,第285页。
[3] 同上书,第419页。

后,"那一天既没有饭食又没有饮料沾过唇"①。这最后的一笔在细节上再一次明白无误地表明了简·爱的"出走"决定所包含的基督教意识。

不仅是慈善学校教养出来的简·爱,而且"拜伦式的英雄"罗契斯特本人也具有相当浓厚的基督教意识。

首先,罗契斯特是以改邪归正者的面貌出现的。他忏悔过去,向往与简·爱重建生活,说"十年以前,我发疯似地跑遍欧洲,陪伴我的是厌恶、痛恨和愤怒;如今,我被治愈了,净化了,由一位真正的天使作为我的安慰者陪伴我重游旧地"②。

在教堂里的那一幕,婚礼被迫中断,罗契斯特的秘密被当众揭穿,他这时的思绪完全陷入基督教徒犯戒受惩的观念,他绝望地叫道:"现在,我并不比魔鬼好;而且正像那儿的牧师要对我说的,毫无疑问,应该受到上帝最严酷的审判——甚至受到不灭的火和不死的蛆的折磨。"③罗契斯特带领众人走上严密防守的阁楼,向他们公开了

---

① 《简·爱》,祝庆英译,上海译文出版社,1980 年,第 391 页。见《新约·路加福音》4:1—2:"耶稣被圣灵充满,从约旦河回来,圣灵将他引到旷野,四十天受魔鬼的试探,没有吃什么。日子满了,他就饿了。"又见《马可福音》1:12。

② 《简·爱》,祝庆英译,上海译文出版社,1980 年,第 339 页。

③ 同上书,第 383 页。

自己的秘密:阁楼上的疯女人不是别人,就是他十五年来的"发妻"。他向众人展示疯女人的发作,然后引用《圣经》说:"传播福音的牧师和维护法律的律师,记住,你们怎样裁判别人,你们也就将受到怎样的裁判!"①这时的罗契斯特在精神上好像腾飞起来,他早已把个人得失置之度外,从人间法律的不合理进而想到耶稣的告诫所包含的更高的真理。

　　罗契斯特的整个命运还可以被看做是耶稣的告诫应验了。简·爱得知罗契斯特已婚,在痛苦中想到,没有人帮助她——"不,你要自己把自己拉走,没有人会帮助你,你要自己把你的右眼珠挖出来,你要自己把你的右手斩去;你的心将是牺牲品,而由你,牧师,来把它刺穿。"②这段话乍看起来只是简·爱勉励自己拿出勇气割断自己与罗契斯特的关系。的确,从字面上是可以这样理解的,但我们还要看到,在这段话里,简·爱是在引用耶稣"登山训众"时对重婚者和奸夫的告诫:"凡看见妇女就动邪念的,这人心里已经与他犯奸淫了。若是你的右眼叫你跌倒,就剜出来丢掉……若是你的右手叫你跌倒,就砍下来丢掉……人若休妻,就当给她休书。只是我告诉你们,凡

---

① 《简·爱》,祝庆英译,上海译文出版社,1980 年,第 386 页。原文直接引用《新约·马太福音》7:1—2:"你们不要论断人,免得你们被论断,因为你们怎样论断人,也必怎样被论断。"
② 同上书,第 390—391 页。

休妻的,若不是为淫乱的缘故,就是叫她作淫妇了……"①简·爱倒是从了主命,割舍了与罗契斯特的爱情,可是罗契斯特在两点上都犯了戒:他对简·爱动了"淫念";他"休妻",可是没有"休书",也"不是为(她)淫乱的缘故"。结果,他受到预告的惩罚,在大火中失去一只眼睛和一只手臂。他后来向上帝忏悔,在受难中赎了罪,才在与简·爱结婚以后恢复了一只眼的视力,又有了妻子作他的"右手"。他最后"怀着感动的心情再一次承认,上帝已经用仁慈减轻了裁判"②。罗契斯特的命运十分贴切地体现了犯戒、受惩罚和忏悔得救的基督教公式,而且把犯罪的方式和受惩的内容都紧紧扣住耶稣颁发的诫命。这也就是说,《简·爱》主要情节的构思都包含了《圣经》故事的隐喻。

小说的最后,罗契斯特遭一连串不幸,用他自己的话说是"行过死荫的幽谷"③。简·爱见他蓬头垢面,把他比作《旧约》里的巴比伦王尼布甲尼撒——尼布甲尼撒从王位上跌下来,沦为最卑贱者,他被驱逐,与野兽为伍,在受难中得到智慧,崇拜上帝,才重获王位④。简·爱把罗契斯特与尼布甲尼撒做类比,更进一步点明了罗契斯特

---

① 《新约·马太福音》5:28—32。
② 《简·爱》,祝庆英译,上海译文出版社,1980年,第595页。
③ 《旧约·诗篇》23:4。
④ 《旧约·但以理书》4:32—37。

的遭遇和转变的宗教寓意。

此外,隐隐约约,贯穿全书,罗契斯特与简·爱的关系还与《旧约》人物的关系形成类比。譬如,被比作力士参孙与迷住他的美女大利拉的关系①;又比作娶了卑贱的犹太女人的东方国王亚哈随鲁②。在向简·爱试探爱情时,罗契斯特自比亚当:"我左边肋骨下的哪个地方,似乎有一根弦,和你那小身体同样地方的一根类似的弦打成了结……"③在简·爱向他打听阁楼上疯女人的秘密时,罗契斯特把简比作多事的夏娃:"别变成缠住我的地地道道的夏娃。"④事实上,与亚当夏娃的类比几乎贯穿全书,直到小说的末尾,简·爱说到自己与罗契斯特的夫妻关系,她搬用《圣经》的原话,说自己是丈夫的"骨中之骨,肉中之肉"⑤。除此之外,桑菲尔德宅子的花园和花园中的古树的描写也引起伊甸园的联想,那禁果就是罗契斯特要求于简·爱的不合法的爱情。不同的是,在这里,罗契斯特是摘禁果者而简·爱抵住了"试探"。这就推翻了两千年来定了案的关于夏娃(女人)的角色,这牵

---

① 《旧约·士师记》16:1—3。
② 《旧约·以斯帖记》。
③ 《简·爱》,祝庆英译,上海译文出版社,1980年,第328页。
④ 同上书,第341页。
⑤ 《旧约·创世记》2:21—22。

涉到小说《简·爱》所体现的妇女意识,不属本文论述的范围。

《简·爱》一书的基督教色彩集中地体现在全书的最高潮,即所谓"呼声"的神秘事件中。

度过了教堂里的一场危机,简·爱在莫尔顿乡村小学暂时安身,从小说的结构来说,是第一个高潮后的一个间歇。简·爱的命运还会有什么变化?读者期待的罗契斯特与简·爱的重逢将怎样实现?好像是为使最后的结合更富有戏剧性,作者把他们分得更远了:在地理上他们天各一方,互不通音信,不知对方死活去向;在心理上,简·爱被圣约翰·里弗斯苦苦缠着,向她求婚,而罗契斯特则隐居在荒凉的芬丁庄园,早已万念俱灰。当时,这两个互相思念的人是可以结合的:罗契斯特的妻子已坠死在大火中,而简·爱也继承了财产,与罗契斯特平起平坐,法律和心理方面的隔阂已不复存在。但怎样才能为他们搭上这个"鹊桥"?勃朗特的处理是大胆的,而且仔细推敲,可以看出还是借助于基督教意识。

简·爱一直拒绝圣约翰·里弗斯的求婚。但在圣约翰施加的精神压力下,简·爱动摇了、退让了。在茫然中,简·爱恳求上帝:"把路指给我,指给我吧!"[①]当简·

[①] 《简·爱》,祝庆英译,上海译文出版社,1980年,第550—551页。

爱的灵魂进入这种忘我而绝对依赖上帝的状态,上帝真的就给她指了路,她听到罗契斯特的声音"简!简!简!"那决定命运的三声呼唤。这声音"不像在房间里——不像在房子里——也不像在花园里;它不是从空气中来——不是从地底下来——也不是从头顶上来。我是听到了它——在哪儿呢,从哪儿传来的呢,永远也不可能知道!"①但简·爱直觉到,那是听到了她的祈祷的上帝给她的昭示。她"跪了下来,以……自己的方式祈祷……",她说"我的灵魂感激地冲出来,到了上帝的脚下"②。

第二天简又琢磨那三声呼唤,说那像是"神启"。她把那声音比作《使徒行传》记载的地震:那声巨响震破了牢门,松开了绑绳,使得使徒保罗与信徒赛拉斯得救了。在简·爱看来,那三声呼唤同样打开了她自己与罗契斯特心灵的牢房③。

"神秘的呼声"的基督教色彩还可以从"召唤者"的一方——罗契斯特——得到证实。罗契斯特在他们重逢以后向简叙述自己的一次奇特经验。在芬丁庄园隐居半年以后,已经陷入绝望的罗契斯特心境逐渐好转,他说他看到并且承认,是"上帝掌握着我的命运。我开始受到良心的责备,开始忏悔,开始希望和我的创造者和解……开始

---

① 《简·爱》,祝庆英译,上海译文出版社,1980年,第551—552页。
② 同上书,第551—552页。
③ 同上书,第554页。见《新约·使徒行传》16:25。

祈祷"。这时,罗契斯特又痛苦又谦卑地向上帝承认,自己是"罪有应得",但又情不自禁地从心底发出"简!简!简!"的呼喊。立刻,他听到回声"我来了,等着我",和紧接着传来的低语"你在哪儿?"罗契斯特是在达到与简·爱同样净化的、虔诚的精神状态下发出"召唤"的,也就是说,当他跟简一样甘愿听从上帝的安排时,神秘的呼声把这两颗忠诚的心联结起来了。罗契斯特从内心献上他的祷告:"我感谢我的创造者,他在裁判中记住了怜悯。我谦卑地请求我的救世主给我力量,让我从今以后过一种比以前更纯洁的生活!"[1]简·爱听罗契斯特讲这件往事,心里明白那就是她自己听到的呼声,她大为震动,从中看出上帝的手迹,敬畏之情油然而生。为了避免刺激罗契斯特,她对自己听到召呼的奇迹缄默不语,只是"暗自在心里深思着"[2]。这段叙述中的这几个关键字眼借用了《圣经》原话:《新约·路加福音》记载,牧羊人得到天使的通报,赶路到伯利恒,看见了玛丽亚生的婴儿躺在马槽里,便把天使宣告婴儿是救世主的话传开,玛丽亚"却把这一切的事存在心里,对他们所说的话反复思想"[3]。勃朗特借用《圣经》原话来描写简·爱对"神秘的呼声"的反应,把简听到召唤与玛丽亚听说天使的宣告时的反应

---

[1] 以上均见《简·爱》,祝庆英译,上海译文出版社,1980年,第588—590页。

[2] 同上书,第590页。

[3] 同上书,第590页,见《新约·路加福音》2:19。

做类比,从而为"召唤"罩上了一层基督教神谕的意味。

最后,对于自己的幸福,简·爱几乎全是用基督教的语言来描绘的,她说:"我身受至高无上的天福①超过语言所能表达的,我是我丈夫的生命,正如他也是我的,没有一个女人比我更贴近自己的丈夫,如此绝对地成为他的骨中之骨,肉中之肉。"除了"骨中之骨,肉中之肉"的隐喻之外,简·爱是引用耶稣祝愿"八福"的原字来形容自己的幸福,把它从一般尘世的幸福提到受天恩宠、被耶稣祝福的高度。

简·爱与罗契斯特的结合使《简·爱》的故事达到一个完满的结局,足以给读者以心理上的满足。可是《简·爱》并不以罗契斯特和简·爱的世俗幸福结束——而是以远在印度传教的圣约翰·里弗斯的来信作为全书的终结。圣约翰自知在尘世上的时间不长了,他信中引用《新约·启示录》最后的两句话,来与简·爱共勉:"我肯定地来了,来得很快!阿门;就这样来吧,主耶稣!"②《启示录》宣告世界的末日和耶稣的降临,而《简·爱》全书以超脱俗念、虔诚地迎候耶稣到来的话告终,从语言到思想倾向,明确无误地为全书打上基督教《圣经》的烙印。

---

① 见《新约·马太福音》5:3—12。
② 见《新约·启示录》22:20:"我必快来。阿门,主耶稣,我愿你来。"

《简·爱》的例子说明,宗教信仰在特定条件下可以成为推动人坚持真理、进取向上的积极力量,特别是在"个人对自己的行动需要不断选择,而又面临各种思潮、各种生活方式的冲击时,对认真的宗教徒来说,这种自我约束就比强制性的约束更为有力,有利于保持他们的思想稳定,甚至激发了他们的精神力量,使他们发奋向上,对善恶是非更加敏感,不顾个人得失安危去维护所认识到的善"①。

即使在当前,基督教已不具有普遍信仰的思想威力,但是,由《圣经》而得来的观念、形象、辞句、故事等在文学作品中的影响仍不可低估。就以我们经常打交道的《人人丛书》来说吧,我们读丛书中的作品时未必意识到,这"人人"便是英国中世纪的一部道德剧中鞭策人弃恶从善的宗教寓言。而那寓言格式中所包含的把人生视为"旅程"的观念,从英国17世纪班扬的《天路历程》到美国20世纪凯瑟琳·安·波特的《愚人船》,至今影响不衰。又如西方文学中令人困惑的"恶",莎士比亚的"埃古"、麦尔维尔的"白鲸"、霍桑的"罪"、康拉德的"黑暗的中心"、戈尔丁的"苍蝇之王"……与其把它们全部归结于历史社会根源,要不要从中探讨源远流长的基督教"恶"观念的演

---

① 赵复三:《究竟怎样认识宗教的本质》,《中国社会科学》1986年第3期,第16页。

化？中世纪道德剧中为有争夺人的灵魂而互相搏斗的善与恶。有使徒保罗所称的"恶之谜"①。再以关于人的观念而言，我们似乎已形成定论：基督教世界观以上帝为中心，到了文艺复兴时期被以人为中心的人文主义理想所代替……其实，基督教世界观中难道没有人的地位吗？在《旧约·创世记》中，人是"照着[神]自己的形象造"的，被神授权为万牲命名并治理天上地下海内的万物。《新约》各"福音书"围绕一个中心——拯救人。在这个意义上可以说基督教世界观是以人为中心的。耶稣基督为拯救人类而流血牺牲的历史传说早已成为激发现代人的想象的"神话原型"，成为许多艺术形象的原始模型。宣扬基督教的那些作品且搁下不说，就以被誉为意识流大师的福克纳来说吧，他在小说《寓言》中不就以一次大战中和平主义者的活动为素材，写出了耶稣"受难周"的现代翻版吗？

《圣经》中某些故事和人物在西方国家几乎家喻户晓，作家借用或套用来丰富自己作品，不必加说明就能为读者领会。以《白鲸》中的亚哈和伊士梅尔两个人物来说吧，他们的名字就暗示了他们的性格与命运：亚哈船长的航行吉少凶多——他的名字令人想起那位刚愎自用、自取灭亡的以色列王；水手伊士梅尔一生颠沛流离，然而是海上遇险后唯一的幸存者，跟《创世记》中那个被放逐而

---

① 见《新约·帖撒罗尼迦后书》2:7。

幸免于难的同名者一样。又如美国当代马拉默德的短篇小说佳作《头七年》。老板答应鞋匠做满七年后可以娶自己的女儿为妻。那么,为什么是"头"七年呢?难道还有"后"七年吗?《创世记》记述雅各为娶舅舅拉班的小女儿拉结,服侍舅舅七年,期满后又加了七年。马拉默德的故事讲到七年的"协议"便戛然而止。可怜的鞋匠得了老板的许诺便投身于工作,锤子在鞋楦上欢乐地叮当敲打起来。但我们知道雅各的受骗,不免为鞋匠做满七年以后的命运担忧,故事的涵义只有借助《圣经》故事的隐喻才全部显现出来。就是那些难得与《圣经》联系起来的作品,如所谓现代主义的乔伊斯、吴尔芙等人的作品,其实《圣经》的影子也萦绕其间,时隐时现。如《青年艺术家画像》第四章末尾,青年斯蒂芬见了立在水中的少女时的"顿悟",显然是借重了《新约》中耶稣"显灵"的描写。而吴尔芙《到灯塔去》中的那顿晚餐,令人浮想联翩,不由得回到《新约》记述的最后的晚餐……

总之,基督教《圣经》在西方文学中的影响说不完道不尽,本文从《简·爱》说起,旁及其他,拉拉杂杂,无非是想把外国文学评论中一个容易被忽视的问题提出来。也只不过是提出来而已。

原载《读书》杂志1987年第3期

英国 19 世纪小说中的临终遗嘱问题

浏览英国 19 世纪小说,稍加注意就不难发现临终遗嘱在许多作品中举足轻重的地位和作用。有产者去世,宣读遗嘱是一个重要仪式,在葬礼之后举行,家族全体成员到场。显而易见,这第二个仪式比前一个更贴近他们的心。律师当众打开遗嘱,宣读内容,就在那朗朗宣读声中,多少人的命运起了变化。有关遗嘱的描写在英国 19 世纪小说中频频出现:丢失的遗嘱、藏匿的遗嘱、篡改的遗嘱、伪造的遗嘱、有争议的遗嘱……它们往往是故事情节的推动力、人物命运转折的契机、现实利益冲突的焦点。在《傲慢与偏见》中,要不是班奈特先生的地产根据遗嘱的附加条件限定传给男性继承人,那么患有"嫁女儿癖"的班奈特太太的喜剧形象就树立不起来了,《傲慢与偏见》也不成其为《傲慢与偏见》了。同样,《简·爱》全部事件的发展可以追溯到老罗契斯特先生要把全部产业完整地传给长子的决定。这样,他的次子,故事中的爱德华·罗契斯特先生,不得不为三万英镑的嫁妆而奔赴西印度群岛去娶"疯女人"伯莎·梅森。有了这个背景才演出了简·爱出走与奋斗的"正剧"。甚至具有浓厚浪漫主义色彩的《呼啸山庄》的布局也与遗嘱与继承权有密切关系:"画眉田庄"的老林敦先生立嘱规定,如果儿子爱德加没有子嗣,那么"田庄"就要传给女儿伊莎贝拉及其子嗣。希思克利夫就是掌握了这个情况才要娶伊莎贝拉为妻并通过伊莎贝拉为他生的儿子小林敦而把"田庄"弄到手。全凭钻遗嘱的空子,希思克利夫这个复仇者的形象才树立起来。总之,按照许多小说中的描写,在离开这个世界以前把自己的所有赠给他人似乎是人们的共同心愿。《我们共同的朋友》中那个几乎一无所有的小孤儿约翰尼在死前还要把自己的几件玩具留给指定的小病友[①]。

[①] 《我们共同的朋友》,智量译,上海译文出版社,1986年,第2部第9章。

**1990年获王宽成基金,赴英一年。
图为参加狄更斯联谊会活动,我化妆成 Mrs. Gamp**

英国的继承法是很复杂的,并且经历了许多变化。作家不可能像法学家那样掌握其全部复杂内容,一般都只是借助其基本精神来展开情节,发挥主题。事实上有的作品就在继承法问题上出现疏忽。如《呼啸山庄》中的小林敦病逝时尚未成年,根据法律他没有资格立下遗嘱把"田庄"留给父亲。这也就是说,希思克利夫终于掌握两处地产、达到复仇目的是没有法律根据的。此外,故事结束的时候,一对年轻人海里顿和小卡蒂结婚后好像当然是两处产业——"呼啸山庄"和"画眉田庄"的新主人。事实上,严格从法律上说,希思克利夫死前没有立嘱,他的产业应由王国政府没收,一对年轻人除爱情以外将一无所有。这样的结局不仅违反作者对全书的设计,而且读者从心理上也难以接受。我们只能原谅作者的疏忽而不去过分追究。从来重视细节真实的安东尼·特罗洛普在《奥尔利田庄》中环绕地产继承权的纠纷达到了心理刻画的深度,却忽略了继承法本身,使其布局整个建立在对法律条文的误解上而贻笑大方。在这方面,要算乔治·艾略特最为严谨:她为写《激进派费立克斯·霍尔特》而特地向当时的一位法学专家费德立克·哈里逊请教有关财产继承法的知识,时至今日,哈里逊的复信总是附在该小说正文的后面,以帮助读者弄清作为全书基石的特兰孙庄园继承权的疑案,这可算是小说中处理遗嘱问题的典范了。总之,小说中的临终遗嘱牵动着英国19世纪小说中那些最常见的主题:财产、家族、人际关系、人生的意义、时间的流逝和世事的变迁。如果横向把这些描写联系起来,就会拼成一个新的故事,一个关于立嘱权和继承权的"寓言"。这个"寓言"可以从三个方面去看:立嘱权对立嘱人是"诅咒";继承权是继承人的"陷阱";权力的否定,即"超越"。

诅 咒

关于临终遗嘱所体现的权力的性质,英国19世纪的许多作家都有描写,而且各具特色。乔治·艾略特的《米德尔马契》第35章描写了宣读费瑟斯通先生遗嘱的前前后后,是富有代表性的一例。无子嗣的老费瑟斯通的三亲六戚都抱着希望在他的床前孝敬,但又感到老头的心思难以捉摸。他们互相猜忌、互相戒备。作者冷冷地指出,当初诺亚方舟中各种动物看着方舟上那有限的饲料时,大概就是这种心情。老费瑟斯通下葬之后,遗嘱终于宣读了。原来这狡猾的老头耍弄了大家,白白吊他们的胃口,骗得他们在床前孝敬,而实际上分文没有留给他们。受打击最重的是老头的外甥弗莱德·文西。弗莱德从小不长进,一心指望继承他姨夫的产业。在宣读遗嘱那一字千金的时刻,他的命运大起大落。根据宣读的第一份遗嘱,他的名下有一万英镑。弗莱德喜形于色,眼看他的问题都解决了:债务、婚姻、前途。可是紧接着宣布第二份遗嘱,弗莱德分文未得。第二天早上,父亲要他拿主意,决定谋生之路,"弗莱德说不上来。二十小时之前,他还以为自己这一辈子不愁吃不愁穿了"[①]。老头几易其嘱,别人的一辈子就随之变了样。爱略特写道:"老费瑟斯通不是哈巴贡……他爱钱,但他舍得花钱满足自己的特殊嗜好。他尤其喜欢以钱为手段叫众人尝尝他的厉害。"[②]作者在这里把话说穿了:立嘱人以自己的意志决定他人的命运并从中得到满足。面对一个个准继承人的沮丧,我们好像听见了老费瑟斯通隔着坟墓的笑声。这是老年人对青年人的整治,只因他们年轻;这是死人对活

[①] 见《米德尔马契》,项星耀译,人民文学出版社,1987年,第4卷第35章。

[②] 同上书,第4卷第34章。

人的报复,只因他们还活着。在《米德尔马契》里,还有一个遗嘱的故事与老费瑟斯通的故事遥相呼应。当费瑟斯通的殡葬队伍在庄园的大道上经过时,教区长夫人兼罗威克庄园的女主人多萝西娅站在窗前漫不经心地看了一眼,完全没想到自己与那些送葬人的联系。而实际上她跟他们一样都是立嘱人摆布的对象,她的年老体弱而又多疑的丈夫紧接着就在自己的遗嘱里为她设下侮辱性的圈套。爱略特把《米德尔马契》的那一卷定名为"死人的手"。

如果以"死人的手"来概括临终遗嘱的本质,那么安东尼·特罗洛普的小说《司卡伯罗一家》中的立嘱人处理继承权的各种应变的方案简直是创造性的,几乎达到使这只死手复活的地步。这部小说的标题本身就具有讽刺性,因为司卡伯罗先生虽然有两个儿子,但是他没有真正的家庭或亲属而只有"继承人"。他为排除挥霍成性、债台高筑的大儿子的继承权,竟宣布其为非婚生子,不惜羞辱自己已故的夫人。这也就是说,他不仅要控制未来,而且还要改写过去、修改历史。在打发掉大儿子的诸多债主以后,司卡伯罗先生又宣布了一项秘密婚约,从而恢复了长子的继承权而排除了心术不良的次子,虽然他明知道这样一来,他苦心经营的一片产业将彻底败在长子手里。如同莎士比亚的理查三世在战场上大叫:"一匹马!一匹马!用我的王国换一匹马!"一样,司卡伯罗先生作为立嘱人正走向自己的反面。权力欲、摆布他人命运所带来的满足在他的心目中已上升为目的,而产业落在谁手里已退居次要地位,正如理查三世为赢得战争宁肯以自己的王国换一匹马,虽然那场战争本身是为王位而打的。这种本末倒置表明,立嘱人的权力欲无限膨胀:权力是一切,遗产落谁手无关紧要。

爱略特、特罗洛普的精彩篇章都揭示出立嘱的权力对立嘱人的腐蚀,使他们成为人格化的遗嘱、家庭里的暴君。狄更斯则把这个"寓言"更向前推一步,把立嘱人看成他本身权力的受害者、一个因为拥有这种权力而受到诅咒的人。

狄更斯第一次访美归来后写出的《马丁·瞿述伟》便是一例。

《马丁·瞿述伟》全名很长:"马丁·瞿述伟的生平纪历、他的亲戚、朋友和仇敌。包括他的意愿,他的道路;他所作所为,他未作未为,均照实记录;还有,谁继承了传世餐具,谁为银匙而至,谁为木勺而来。凡此种种构成瞿述伟家开门启户的全套钥匙。"[①]这个陈述乍看起来似有些故弄玄虚,实际上精辟地切入了全书的核心问题,即财产继承关系在人们的自然关系上的投影。首先,老马丁是处在众多的自然关系当中,他的兄弟、他的侄子、他的孙子、他的表弟、他的外甥,加上其他沾亲带故的男男女女和他们的配偶、子女等等。可是,在他们的眼里,老马丁

---

① 第一次分期连载时的副标题。薛鸿时译文。

不是人,而只是一份人格化的遗嘱。反过来在老马丁的眼里,他们也不是人而只是一只只伸过来的手。小说中有关"家庭聚会"的场面都是富有深意的。如老马丁病在路上,他的众亲朋都赶来,为遗嘱而争吵不休。老马丁乘他们不备,拖着病体悄悄溜走了,活像个在逃的罪犯。他深感自己已被上帝唾弃和诅咒;绝望地说:"我这人已经身遭天谴了。"[①]

通过老马丁·瞿述伟到处流浪颠簸、充满焦虑的一生,狄更斯把立嘱人具有的支配财产、亦即支配他人命运的权力看做一种"诅咒"、一种"天谴"、一种"祸根"、一种"罪孽"[②]。立嘱人被上帝诅咒在于他的权力对他本人的腐蚀,还在于他的权力对他人的普遍腐蚀,即一种双重的诅咒!

陷　阱

遗嘱有了,下一个环节是遗嘱的解释。遗嘱的解释颇费心智,不同的解释赋予它以不同的含义而后者又直接影响到不同人的不同利益。因此,遗产继承权的斗争首先是遗嘱解释权的斗争。正如《马丁·瞿述伟》中的老马丁说的:"让我操了一辈子心,受了一辈子罪,等我死后,就又该

[①] 《马丁·瞿述伟》,叶维芝译,上海译文出版社,1986年,上册第46页。

[②] 同上书,第3章。

引起没完没了的纠纷,造成难以消灭的恶感。向来都是这样。有钱的人一进坟墓,就不定引起什么样的热闹官司……"①老马丁的一席话说出了临终遗嘱的又一个方面:围绕遗嘱的解释之争。

早在奥斯丁的《理智与感情》②中,我们就看到了这种"解释"的喜剧形式。庄园主米德尔顿家大少奶奶的独白是解释遗嘱的一篇精妙的文章:她的老公公有遗言要他们夫妇尽量"帮助"他们年轻的继母和三个同父异母的小妹妹。那么这个"帮助"应该怎样理解呢?从给三个妹妹各送三千镑说起,到各送五百镑,到给她们的母亲年进一百镑的年金,到偶尔给个五十镑"意思意思",最后降为帮助她们搬出庄园另找住处(这是大少奶奶最关心的)并年底送点野味过去,总之就是请她们娘儿四个扫地出门。米德尔顿夫人仅用了几分钟时间就"破译"了公公的遗嘱,说服了丈夫,也说服了自己。

可惜不是所有的遗嘱争执都像米德尔顿夫人处理她公公的遗言那样三言两语就能断清的。颇具奥斯丁风格的安东尼·特罗洛普的成名之作《巴彻斯特养老院》也是从一份遗嘱争执切入的,以教会的财产争执来揶揄人性的弱点。巴彻斯特主教区管辖下的"海拉姆养老院"是

---

① 《马丁·瞿述伟》,叶维芝译,上海译文出版社,1986年,上册第63页。
② 《姐妹俩》,孙致礼译,浙江文艺出版社,1984年。

1434年根据约翰·海拉姆先生的遗嘱设定的,这位羊毛商立嘱规定将一处房子和附近的牧场和土地收入都捐出来,养活十二位衰老的梳羊毛人,他还规定建造一所养老院作为他们的住处,附建一幢院长住宅,院长从同一分地产收入中支取酬金。近四百年来,这个养老院就这么维持着,由于收成不好,历届院长勉强维持住十二位老人的生计,自己只得一所空房。可是进入19世纪以来,随着工业的突飞猛进,薄田上建筑物拔地而起,原地产的价值成倍地增加。结果,十二位老人依旧每人每天按原来的遗嘱得一先令二便士,而院长的俸禄则涨到每年八十英镑。在19世纪社会改革的浪潮里,当英国教会的特权受到攻击时,养老院受施人和代管人待遇上的这种悬殊便成了"改革派"手里现成的一发炮弹。小小的巴彻斯特教区的所谓改革派和所谓保守派围绕着四百年前的一份遗嘱而斗得不可开交,关键是要确定四百年来遗嘱执行情况是否合乎立嘱人的"原意"。于是找来好多份约翰·海拉姆的遗嘱、院长的细账、租约、总账以及一切可以抄录的和某些不能抄录的文件的副本,以审查执行情况是否合乎遗嘱的"原意"。可是谈何容易! 首先,要确定何为"原意"。要确定何为"原意"又引出新的问题——"谁有权裁定呢?"[①]是遗嘱的执行人,教区的主教吗? 他年事

---

① 《巴塞特郡纪事》之一《巴彻斯特养老院》,主万译,上海译文出版社,1986年,第33页。

已高,从不过问教区事务,甚至根本没有看过遗嘱本文,三十五年来只是凭着自己作为主教的地位而指派养老院院长的人选。是地产的经营者恰德威克先生吗?他们家族祖祖辈辈都经营这片地产,视其为自己的一份正当收入,别无其他。是伦敦的大律师吗?按照大律师亚伯拉罕爵士的法律程序,改革派是无的放矢,因为遗嘱措辞含混,根本无法确定谁是诉讼对象。于是遗嘱的"解释"问题无限复杂化,双方的代表人物热烈投入论争,倒把主要问题——养老院院长的薪俸——放在一边。养老院院长哈丁先生,这个善良而又胆小怕事的老头儿,在两派争执不下的混乱中当了逃兵。他顾不上维护教会的传统特权,"只凭着出自衷心的信念"毅然决定辞去养老院院长的职务,放弃这个肥缺,以个人的良知解决了纠缠不清的遗嘱"解释权"问题。作者安东尼·特罗洛普的天才在于他把关于教会肥缺的一场争执变成绝妙的喜剧,勾勒出了"改革派"堂吉诃德式的可笑行径,又暴露了教士黑袍底下掩藏的凡心,既有揶揄,又有理解。在这里,遗嘱解释权的矛盾采取喜剧的形式出现,它的潜在的威胁都被喜剧气氛冲淡了。

在另一些作品里,遗嘱的解释之争却充满了险情。

在狄更斯的《荒凉山庄》中,贾迪斯控告贾迪斯的遗嘱争执案已拖了几十年,跨了几代人,始终看不见结案的苗头,小说的女主人公艾斯特是这样描写寻求"解释"的情景:"那些自称参与该案的律师共有二十三位,可是他们对案情似乎并不比我了解得多,他们跟大法官交谈,彼此争辩解释,有人说应该这么办,另一些人又说应该那么办,有人开玩笑地建议翻阅大卷的口供书,这马上引起更大的骚动和笑声。那些与本案有关的人士都懒洋洋的,把审理这案子当做一个消遣,因此谁也没法使这桩诉讼产生任何结果。过了一个小时左右,许多人作发言,又都被打断,于是本案便像肯吉先生所说的那样又'暂毋庸议'了,书记还没有把全部公文运到庭上,打开的公文又一捆捆地包起来了。"①

在狄更斯的笔下,我们看到,贾迪斯控告贾迪斯一案正在发生奇异的变化。它不仅体现了法律的拖延和律师的贪婪,在这桩案件无休无止的运作中,解释的过程自我膨胀。它本来是确定继承权的手段,却异化为它自己的目的、自己的纪念碑、一个没有答案的谜语、一个没有终点的过程、一种没有止境的追求、一桌不散的宴席、一代一代律师磨牙练武的场地、一个以原告和被告为原料的机器,或以活人为祭品的法律圣殿。高悬着的遗产转化为对整个家族的"诅咒"②。最典型的例子是年轻的理查德·卡逊先生的遭遇,他把自己的命运完全寄托于贾迪斯案件最终的"解释",当求"解释"的诉讼费吞食了全部

---

① 《荒凉山庄》,黄邦杰等译,上海译文出版社,1979年,上册第24章,第448页。
② 同上书,第24章。

遗产、达到了对案件本身的否定时,可怜的理查德当庭口吐鲜血,悲惨地死去。如果说立遗嘱的权力本身就是一种诅咒,那么在《荒凉山庄》中,求解释的过程像个巨大的陷阱,等着捕捉和吞食那些对它抱幻想的活人。

超越

从题材的角度来看,许多19世纪小说可以说都围绕如何满足遗嘱的条件而展开情节的,有的是喜剧性的,如《傲慢与偏见》中那些可爱的少女都圆满地结了婚,不合理的遗嘱条件没有殃及她们。作者巧妙地绕开了矛盾,把合法的继承人柯林斯先生处理成丑角,从而冲淡了遗嘱的威胁。狄更斯早期的《尼古拉斯·尼克尔贝》和《奥利弗·退斯特》则围绕遗嘱的条件而展开,紧张而热闹。两者都借用了通俗情节剧中"失散的继承人"的套式。小奥利弗的生父立嘱排除其长子蒙克斯的继承权,指定其非婚生子小奥利弗为其继承人,唯一条件是他不得触犯法网。这就是为什么受雇于蒙克斯的窝主发金要千方百计地逼小奥利弗入伙行窃,而小奥利弗始终保持清白,最后名正言顺地进入有产阶级社会。这类作品确实是一个矛盾的复合,它们既对现存制度提出挑战,同时又在遗嘱问题上默认财产的神圣性,因此谈不上"超越"。

另一类作品在遗嘱问题上以个人的道德情操超越遗嘱的祸害。《荒凉山庄》中的贾迪斯先生洁身自好,与那拖了三代的倒霉的遗嘱诉讼案不搭界,而那些盲目寄希望于遗嘱的人们,纷纷堕入陷阱,死的死,疯的疯。这样,对遗嘱的不同态度——屈从还是超越——便成了塑造性格、展示价值观和人格力量的手段。《米德尔马契》中的女主人公多萝西娅小姐就是一个"超越"的例子。她出于天真的理想主义而嫁给了伪学者卡索朋,把自己无条件地献给他和他那根本不存在的宏伟研究著述,同时也成了他的当然财产继承人。她那个内心虚弱而又小器多疑的丈夫就企图以自己的遗嘱把年轻美貌的妻子控制住,在遗嘱中规定多萝西娅在他身后不得改嫁某某,否则要放弃对亡夫财产的继承权。除了财产方面的限制,这份遗嘱的恶毒还在于它的措辞本身就是对多萝西娅的指控、缺席审判和定罪,似乎她真的与某某有私情。这样一份足以使多萝西娅从精神上到行动上瘫痪下去的临终遗嘱,后来一旦公布,反倒使多萝西娅认清卡索朋的真面目和自己的糊涂。她终于下决心不顾哗然的舆论、更不顾遗产的得失而偏偏嫁给了她理应回避的拉迪斯劳先生。这是英国19世纪小说中围绕对遗嘱的态度而塑造性格的一个典范,也是个人道德情操超越遗嘱、摆脱"死人的手"的一个精彩例子。此外,前面提到的弗莱德·文西,跟《荒凉山庄》中的理查德·卡逊一样,也是把自己的未来押在遗嘱上。所不同的是,弗莱德有幸得到了一个好妻子。玛丽·加思帮助弗莱德放下绅士架子,学习农活儿,经营管理他本来要继承的庄园。是女性的引导和双脚在土地上踏踏实实的工作挽救了弗莱德,使他避免了理查德·卡逊的悲剧。乔治·艾略特在她的作品里总是不断地思考客观环境与主观意志在个人命运中的辩证关系,而她这方面的思考正是通过遗嘱的题材发挥得淋漓尽致。

然而,穷尽了临终遗嘱题材各方面潜力的,还有一个狄更斯。《我们共同的朋友》作为狄更斯最后的一部大部头社会题材的小说,从头到尾围绕遗嘱展开故事,包容了遗嘱的各个方面:"诅咒"、"陷阱"和"超越"。

《我们共同的朋友》一开头就出现有遗嘱而无继承人的奇特局面。靠处理城市垃圾发财的守财奴老哈蒙先生生前深受自己财产的折磨。为了钱,他与女儿决裂,致使其伤心地死去;为了钱,他将儿子赶出家门。对自己的财产在身后的处置,他举棋不定,几易其嘱。像老马丁·瞿述伟一样,老哈蒙也是一个疏离了亲人的被诅咒的立嘱人。"我那自己折磨自己的不幸的父亲写过好多份遗嘱"[1],约翰·哈蒙后来说。老哈蒙的遗嘱在他死后公布,他彻底剥夺了女儿的继承权,又规定儿子约翰·哈蒙必须和父亲指定的一个他从未谋面的女子结婚,否则全部财产将遗留给他的老管家包芬夫妇。那位被老哈蒙用一纸遗嘱定终身的少女贝拉·威尔弗"感到自己被随便处置,像一匹马,一条狗,注定要成为陌生人的财产"。这份遗嘱的刁钻条件更是老哈蒙对不顺他心的儿子的惩

---

[1] 《我们共同的朋友》,王智量译,上海译文出版社,1986年,下卷第4部第14章,第541页。

罚。约翰·哈蒙如果服从其侮辱性的条件便会贻笑大方,就不成其为小说的正面男主人公了。可是故事的整个导向又使读者期待男女主人公结婚并继承财产,问题是怎样才能做到这一点而不致损坏人物形象。故事开始时,局面好像僵住了。但随着约翰·哈蒙的失踪并被误认为已经死去,局面反而活了起来。约翰隐名埋姓,以穷秘书的身份出现,以这种低贱的身份结识了遗嘱中指定给自己的姑娘贝拉。姑娘在完全不知真相的情况下与他相识、相爱、定情。这样的设计既符合遗嘱条款的规定、满足了故事的需要,同时又开辟了空间以展开人物性格。约翰·哈蒙与贝拉·威尔弗都经受了考验,宁舍遗产而取爱情。这样,这一对男女主人公躲过了继承权的陷阱,又体体面面地得到了遗产,既完成了"解释",又在一片浪漫童话的气氛里,达到了完美的超越。

临终遗嘱的题材在英国 19 世纪小说里的发挥不仅常常是小说布局的支撑、不仅常常是把握历史社会的切入点,而且还能揭示一些普遍的真理,给人们以启示。

原载《外国文学评论》1995 年第 1 期

市场上的作家
——另一个狄更斯

狄更斯是文学史上不多见的把高度的思想性和广泛的娱乐性结合起来的作家,像莎士比亚、莫里哀、马克·吐温一样。他是伟大的现实主义者、小说艺术大师、文学史上的一个高峰;同时,作为通俗小说作者,狄更斯也是庞然大物。他一开始就以通俗作家、幽默作家的姿态走上文坛。狄更斯的小说可以说都是惊世骇俗的暴露文学,而同时又是情节热闹、引人入胜的通俗小说,脍炙人口的畅销书。西方有的评论家认为狄更斯的作品里"才华与渣滓并存是个不幸"[①]。"渣滓"也好,"不幸"也好,总之事实俱在,除了我们心目中的狄更斯——资本主义社

---

① 包里斯·福德:《英国文学:从狄更斯到哈代》,英国企鹅出版公司,1958年,第119页。

会的叛逆,还有另一个狄更斯——迎合大众趣味的通俗小说作者。若要全面了解狄更斯,他的这一面不容忽视;从考察某些文艺现象的角度,他的这一面亦有启发性。

《狄更斯小说欣赏》,杨绛先生题

"一种下贱、廉价的出版形式"诞生了

英国的 19 世纪上半叶,是小说的黄金时代,小说数量之多达到空前。根据一种统计,1820 年出版新小说作品 26 种,1850 年增至 100 种,而到 1864 年竟激增至 300

种了①。另一种统计,数字更加惊人:1800 年以前最高年产量为 40 种,1822 年增至 600 种,而到世纪中期竟达 2 600 种之多②。

小说多产,小说读者之众也达空前。狄更斯的同代人安东尼·特罗洛普有句名言:"我们成了一个读小说的民族,从现任首相到最近雇来的下房丫环无一例外。"后来他又在《自传》(1883)中回顾了那一番盛况,写道:"前后左右,楼上楼下,城里的公寓和乡下牧师的庭院,不论是年轻的伯爵夫人还是农家姑娘,也不论是年老的律师还是毛毛糙糙的大学生……人人都读小说。"③

19 世纪小说的兴盛与过去有所不同,形成了现代意义上的巨大的图书市场。作家(生产者)——出版者(卖主)——读者(买主)都是这个商业链条上的不同环节。图书出版形式的改革对这个市场的发展起了重要的推动作用。

18 世纪以来,小说传统的出版形式是三卷本,定价一个半吉尼,属奢侈品,普通市民可望不可即。19 世纪

---

① 乔治·福德:《狄更斯及其读者》,普林斯顿大学出版社,1955 年,第 72 页。
② 佩尔·戈丹:《市场上的作家》(英译本),利物浦商学院,1969 年,第 45 页。又见杨·瓦特:《小说的兴起》,查多与温多斯出版社,1957 年,第 39 页。
③ 安东尼·特罗洛普:《自传》,牛津大学出版社,1980 年,第 219 页。

初,租赁小说的图书馆在城市广泛设立,对普及小说起了重要作用。当时最大的一家穆迪图书馆以"一个吉尼、一本书、一年为期"的口号招揽了许多主顾。而对于作家来说,被穆迪选中,意味着可以得到最广大的读者,用一位通俗小说作者奥利奋特夫人的话说,"无异于得到上帝的承认"[①]。

40年代,铁路交通发达起来,旅客在候车或乘车时惯以读小说消磨时间。几家出版商针对这种需要印制了当代作家旧作的廉价版,这便是"铁路小说"的由来。这类图书往往有统一的封面设计,故有"黄皮小说"、"绿皮小说"之称[②]。但所有这些都没有打破租赁图书馆的垄断地位。

1836年,出版者恰普曼与霍尔约请初露头角的青年作家查尔斯·狄更斯为一套滑稽连环画配词。狄更斯坚持以文字为主插图为辅,恰逢向出版者提出原计划的画家自杀身亡,狄更斯的反建议得以实现,就这样,促成了分期出版的插图滑稽小说《匹克威克外传》的问世。《匹

---

① 戴安娜·尼尔:《英国小说史》,柯里耶出版社,1967年,第161页。

② 参见《英国文学·从狄更斯到哈代》,英国企鹅出版公司,1958年,第209页;朱立安·西蒙兹:《血淋淋的谋杀》,费伯与费伯出版社,1972年,第44—45页;玛吉丽特·达尔吉尔:《100年前的通俗小说》,美国柯亨与威斯特公司,1957年,第6、79—83页。

克威克外传》是出版史上的奇迹,第1期只印400份,转入下一年,每期销售量递增,到11月竟达40 000份[①]。从400到40 000,增长百倍! 狄更斯在该书1847年版前言中写道:"当初我的友人劝我说,那是一种下贱、廉价的出版形式,会把我刚刚露头的文学前程毁于一旦。"殊不知,整个连载形式成功的秘密就在于"廉价"二字。

《匹克威克》开创的分期连载小说每期售价一先令,一般二十期出齐,等于用一镑买下一部小说新作,比原先的一个半吉尼,一本书的价格,便宜了三分之一,终于解决了降低小说售价的难题,从而为小说市场的大发展打开了局面。当然,《匹克威克》所采用的连载形式不是绝对的首创,皮尔斯·伊根的《汤姆与杰利》(1820—1821)就是分期连载的滑稽小说。此外狄更斯在《匹克威克》1847年版序言中还提到过乡下小贩走街串巷推销分期出版的小说,那倒真是些"下贱"的货色,没有对图书市场发生什么影响。

发表形式本身事小,但它决定价格,就事关重大:"继《匹克威克》的成功,30年间分期出版竟使当代读书人和买书人的范围无比扩大,并且成了民主化的主要手段。"[②]在工人居住区,书铺里摆满了各种各样的廉价读

[①] 罗·培顿:《狄更斯及其出版者》,牛津大学出版社,1978年,第68页。

[②] 参见布特、蒂洛逊合著:《狄更斯的写作》[背景材料],英国麦修恩公司,1957年,第13页。

物:"滑稽歌本、释梦手册、知识性读物、教派宣传品、民主主义政论以及双栏排印的法国小说译作,欧仁·苏、大仲马、乔治·桑、保罗·费瓦尔,应有尽有。"①在琳琅满目的通俗读物中,每期售价一便士的通俗小说占绝对优势,每周平均销售一千份②。总之,图书有了一个巨大的市场。当时的通俗小说作者威尔基·柯林斯把这广大的平民读者群称为"不知名的公众",并指出它是"工业革命的产物"③,很准确地抓住了这一文化现象的本质。也许正因如此,连载的通俗小说几乎成为19世纪一些发达国家的普遍现象,在法国便有欧仁·苏、雨果和大仲马等的迷住一代读者的小说佳作。"未完待续"这个字眼是维隆博士在1829年发明并首先使用的,法国报纸上利用连载的形式发表小说是在1836年④,恰好与《匹克威克》同一年。

总之,可以说,通俗小说的盛世是伴以图书市场的扩大、无名大众读者群的形成和作品的高度商品化而出现的。狄更斯在这个过程中起到举足轻重的作用。

---

① 包里斯·福德:《英国文学·从狄更斯到哈代》,英国企鹅出版公司,1958年,第217页。

② 同上书。

③ 柯林斯:《论不知名的公众》(1858),原载狄更斯主编《家常话》杂志,转引自朱立安·西蒙兹:《血淋淋的谋杀》,1972年,第42页。

④ 均见张英伦:《大仲马传》,山西人民出版社,1984年,第181页。

"不可比拟的博兹"

狄更斯作为通俗小说作者的出现,跟19世纪小说普遍繁荣的背景分不开。只要浏览一下他的作品就不难发现,当代各类小说的特色在他的作品里都有迹可寻。然而他不摹仿哪家哪派,而是任凭自己的创造性想象自由发挥,被誉为"不可比拟的博兹"(狄更斯的笔名)。狄更斯的小说世界丰富多彩,简直令人眼花缭乱。他的想象仿佛无穷尽:编织故事,虚构人物,设计场景,变化万千。他的人物形象是文学国度里人数最多、最活跃、最有个性的一群,或许仅次于莎士比亚。读过他的作品,每个读者都有自己偏爱的人物、自己最难忘的一场一景。英国现代作家伊夫林·沃在自己的小说《一把土》中描写了一个土著酋长俘虏了一位英国绅士为奴隶,指派给他的工作是为自己朗读狄更斯的小说,日复一日,循环不已。伊夫林·沃的想象是荒诞离奇的,但也绝妙地表现了狄更斯的作品对世世代代读者永不衰竭的吸引力。比狄更斯晚一辈的乔治·吉辛曾感叹道:"谁能应付得了大众趣味的变幻无常?!"可是狄更斯就应付裕如。他的作品基本上都是按分期出版的形式设计的,在"投放市场"时至多有下面几章的储备,作者随读者的反应(以销售额为标志)对原设计进行调整。譬如,《匹克威克先生外传》陆续出版时,萨姆·威勒一出现便深受读者欢迎,当月销售量激增,于是作者顺着这个势头,加强了对萨姆·威勒的描写,使这个插科打诨的滑稽仆人成为全书中举足轻重的人物。反之,如果读者反应冷淡,销售量下降,作者便采取补救措施:如《马丁·瞿述伟》前几章没有"打响",于是狄更斯急忙将男主人公小马丁和他的滑稽随从打发到北美洲——当时旅美题材正流行。狄更斯善于利用连载形式吊胃口,小耐儿的命运凶吉未卜,忠实的读者一期一期地耐心等待,信件像雪片似的向作者飘去,求他饶小耐儿一命。其实狄更斯早已心中有数,只不过为增加刊物的销售便一期一期地拖着,秘而不宣,如同商业秘密一样。

从通俗、畅销的观点来说,狄更斯在英国 19 世纪作家群中享有独一无二的地位。《匹克威克先生外传》一炮打响之后,他的作品持续畅销,累计起来,可能是迄今为止读者最多的英国小说家,起码是其中之一。著名批评家、狄更斯的同代人乔治·亨利·路易斯于 1837 年曾这样描述狄更斯在各阶层读者中受欢迎的盛况:"多少年来还没有哪个人像博兹那样走红。他的那些令人心醉的作品不限于贵族、法官、商人的帮办等男女老少的读书人。不论是严肃的、轻佻的、机俏的、有才智的、崇尚道德的,还是没有头脑的城乡普通百姓,人人都为之倾倒。我们常常看见肉铺的小伙计肩上掮着托盘,两眼贪婪地读着最近一期的《匹克威克》。那些听差——他们的虚荣心在博兹笔下披露无遗,还有女佣和扫烟囱的,总之一句话,各个阶级都读博兹。"[①]这是第一篇关于狄更斯的正式评论文章,发表于 1834 年,作者准确地抓住了狄更斯作为大众作者的特点。

在狄更斯的同时代人当中,有的比他更畅销,如 R. W. 雷诺兹。他摹仿《巴黎的秘密》写的《伦敦的秘密》(1845—1856)长期连载,"几乎每隔一页都有暴力、色情和悬念"[②]。该作固然具有某种暴露性,但粗鄙不堪,终究不能传世。当然,更有些作家卓有成就,但作品不通俗,缺乏娱乐性,从来不畅销。难得的是狄更斯的作品同时满足了各式各样的读者,真正做到雅俗共赏。

总之,19 世纪上半叶,由连载小说开路,通俗小说打开市场,小说创作进入极盛时期,而狄更斯则是它的无冕之王。从维多利亚女王到伦敦贫民区的住户,人人都是他的读者。他的作品长期、持续地畅销,扬名于欧美两大陆,早在 30 年代就出现了德文、法文、意大利文、荷兰文乃至俄文译本。至于美国,由于盗用海外作家版权,狄更斯作品的廉价本印数超过本国的发行量。他是当时公认的文学领袖,他的影响超出文学,成为一个民族的象征、全国性的永久公共设置,好比威斯敏斯特主教堂、大英博物馆,或每年一度的圣诞节。事实上,所谓"圣诞文学"也

---

① 菲·柯林斯编:《狄更斯·批评的传统》,路特里支与基根·保尔出版社,1971 年,第 64 页。
② 乔治·福德:《狄更斯及其读者》,普林斯顿出版社,1955 年,第 78 页。

是由狄更斯的《圣诞欢歌》首创的[①]。

此外,通俗小说的兴盛还给作者和出版者带来了过去不可想象的巨额利润,提高了他们的社会地位。狄更斯本人收入丰足,出入上流社会,结交显贵,是上流社会的得意宠儿。他没有权杖,仅凭手中的一支笔便呼风唤雨,摆布广大读者的喜怒哀乐,用柯林斯的公式来说,"让他们哭、让他们笑、让他们等"[②],全凭他的笔头指挥。伦敦的百姓好像关心新闻大事似的时不时要纳闷:"匹克威克俱乐部的先生们上个月又干了些什么?"于是赶快买来最新一期,弄个水落石出[③]。他书中的许多人物都是家喻户晓的典型,读者仅凭他们的服饰、手势、口头语等就能辨认出来。读者把他们当做现实的活人,兴致勃勃地跟踪他们的行迹,有时简直当做自己的亲人那样感情相通、血肉相连。小董贝夭折,举国上下为他哭泣[④]。至于纽约码头上人们对着驶进港口的英国邮船询问"小耐儿死了吗",更是狄更斯传说中的一段佳话了。

[①] 威迪·豪威尔士:《小说批评及其他》,纽约大学出版社,1959年,第83—85页。

[②] 见美国《时代周刊》1987年3月16日关于美国当前通俗喜剧的评论。

[③] 罗·培顿:《狄更斯及其出版者》,牛津大学出版社,1978年,第67页。

[④] 菲·柯林斯编:《狄更斯·批评的传统》,路特里支与基根·保尔出版社,1971年,第232页。

谁是文艺趣味的主宰者?

美国的海明威在谈到福克纳的小说时写道:"真正优秀的作品,不管你读多少遍,你不知道它是怎么写成的。这是因为一切伟大的作品都有一种神秘之处,而这种神秘之处是分离不出来的……"你不会知道自己是如何"上了写作技巧的当……"① 我们拉开距离,用冷峻的眼光进行考察,便能看出作者对人物的操纵,对事态的摆弄,看出他如何调配感情、气氛,以吸引、讨好、控制读者。这是一切通俗小说的共同特点。狄更斯在达到哲理高度时是具有真知灼见的伟人,同一个狄更斯在讨好读者、追求销售量时玩弄伎俩,十分精明,不免是庸人。

狄更斯在一次演说中说:"文学终于抛弃那些私人赞助人……而幸福地转向人民大军……转向人民这个中心的支撑点、这个无所不包的经验、这颗跳动的心,在那里找到自己的最高宗旨、自己活动的天然领地和最高奖赏。文学终于摆脱私人奉献的屈辱……总之人民使文学得以摆脱这些恶习劣迹而获得解放。"② 狄更斯慷慨激昂地宣称文学"获得解放",殊不知,作家摆脱贵族个人的保护,又被抛到市场上,不得不投靠广大的"不知名的大众",即

---

① 董衡巽编选:《海明威谈创作》,生活·读书·新知三联书店,1985年,第152页。
② K.J.菲尔丁编:《狄更斯演讲集》,牛津大学出版社,1960年,第156—157页。

他讲话中所说的有产阶级。"1832年的议会改革使中产阶级获得显而易见的权利和地位。他们经营商业和工业,聚敛巨富,在此后的四十年间,这个阶级主宰了文艺趣味,起码在小说方面是如此。"[①]通俗小说之所以能畅销,除市场、价格等外部条件外,根本原因是它投合当时"主宰文艺趣味"的广大中产阶级读者。作为通俗小说作者和杂志编者的狄更斯很懂得自己的利益都系于中产阶级读者的认可。他为处理一篇稿子曾在给自己的副手威廉·亨利·威尔斯的信中说:"请注意威尔基·柯林斯的文章……不要保留任何横扫一切、不必要地冒犯中产阶级的东西。"的确,"不冒犯中产阶级"一语正切中要害。作为通俗小说作者的狄更斯时时不忘尊重中产阶级的社会偏见,表达他们的心理和感情,迎合他们的欣赏标准。

"中产阶级的体面"

狄更斯的一些代表性作品,若单从故事的设计着眼,可以说都合乎资产阶级的理想意境,都是按照个人奋斗——成功——幸福的模式编排的。《我们共同的朋友》中的结尾把男女主人公带入了一个童话般富贵荣华的极乐世界。《奥利弗·退斯特》从贫儿到"王子"的奇遇也有

[①] 戴安娜·尼尔:《英国小说史》,柯里耶出版社,1967年,第159页。

童话的成分,而大卫·考柏菲尔用作者自己的话说,终于获得的"名望、财富和天伦之乐",就更有代表性。《远大的前程》本来设想摆脱这个公式,第一稿结尾时匹普形只影单,郁悒而去。后来狄更斯接受了布尔沃·李顿的劝告,改成现在这样一个十分勉强的"大团圆",还说,"这样改了,公众更能接受"①。也就是说,艾斯特拉(匹普的恋人)是应市场的需要而嫁出去的。

在"奋斗——成功——幸福"公式的范围内,狄更斯讴歌了资产阶级的理想品质。故事中的男主人公都忠实、勤奋、节俭、勇敢、坚韧、正直、有荣誉感,是典型的中产阶级的"英雄"。这类人物深得读者的喜爱,"读者不自觉地在他们身上找到自己未实现的理想的补偿。中产阶级读者可以跟这些人物认同,因为他们个个都奋发向上,勇往直前"②,狄更斯同时代的评论就已看出这点,把它概括为"中产阶级的体面"③,并说这种气息弥漫狄更斯的全部作品。《荒凉山庄》中塑造了企业家朗斯威尔的理想形象。这个男爵府上老管家的儿子、勤劳致富的钢铁厂厂主在男爵面前不卑不亢,是个堂堂正正的男子汉。

---

① 詹姆士·布朗:《狄更斯,市场上的作家》,英国麦修恩公司,1982年,第141—142页。
② 詹姆士·哈特:《通俗读物研究》,美国加州大学出版社,1963年,第102—103页。
③ 菲·柯林斯编:《狄更斯·批评的传统》,路特里支与基根·保尔出版社,1971年,第327页。

狄更斯逝世后,著名思想家拉斯金在悼念文章中指出,归根结蒂,狄更斯心目中的英雄不是别人,就是这位钢铁企业家。通过《荒凉山庄》中的伍德柯特医生和《小杜丽特》中的发明家多依斯,狄更斯又赞颂了有一技之长的实干家。狄更斯笔下还出现了众多的忠于职守的代理人形象,如《双城记》中的银行代理人贾维斯·劳雷先生,《我们共同的朋友》中的老管家包芬夫妇。他们与《董贝父子》中出卖主人的卡克尔、《大卫·考柏菲尔》中对主人下毒手的希普等形成鲜明对比。显然,忠于雇主、忠于职守,在中产阶级道德观中是一种重要品质,不得含糊。譬如,《董贝父子》中公司办事员华尔特·盖依起先是作为一个忠实地为公司效力的青年雇员的形象出现的。狄更斯曾设想把他写成最后走上贪污犯罪的道路,为此征求友人福斯特的意见说:"你看这样改会冒犯公众吗?"后来为尊重公众的道德感,终于未敢贸然行事。有趣的是,狄更斯笔下好人的一个共同的特点是讲信用,有言必果、有借必还。《双城记》中的贵族达奈为兑现诺言、解救老仆,竟不顾个人安危投身于一片红色恐怖的巴黎;《小杜丽特》中的亚瑟大半生都为养母对杜丽特一家的不义而深感内疚,最后终于对其全家做了补偿;甚至《老古玩店》里的穷孩子、老实的吉特·纳布尔斯在指定的时间地点以自己的劳动偿还了拖欠雇主的半个先令!时至今日,"he pays his debts"(有债必还)仍是西方评价人品的一个标志。

"不能叫年轻姑娘看了脸红"

英国 19 世纪中期,即维多利亚时代的极盛时期,素以虚伪道德著称于世,俗称维多利亚主义。"体面"社会有很多忌讳,即《我们共同的朋友》中波兹纳普先生暗示的那些不能叫年轻姑娘脸红的话题。虚伪道德也波及语言习惯,譬如在 30 年代,"长裤"是"令人无法启齿直呼其名"的物件①。因为长裤容易令人想到大腿,而对于道德感特别敏锐的人,这又会引起关于性的联想,犯了大忌。在这种虚伪道德的气氛中,小说作者要得到中产阶级读者的青睐,笔下绝不可越雷池一步。在很大程度上依靠女读者光顾的穆迪和其他图书馆都宣布自己购进的书是最"纯洁"的②。萨克雷在《彭旦尼斯》序中就抱怨小说家所受的限制,说"我们这些作家当中没有一个人能最充分地描写一个真正的男人。我们不得不遮遮盖盖,赋予他以规范化的品格。我们的社会就是容不下艺术中的自然"。狄更斯在《我们共同的朋友》中塑造了波兹纳普先生的形象,通过他讽刺了英国资产阶级的"不承认主义",然而在自己的创作中他又小心翼翼,唯恐触犯"波兹纳普主义"。狄更斯屈服于维多利亚主义的道德规范,与其说

---

① 保罗·纽曼:《狄更斯的游戏》,英国麦修恩公司,1981 年,第 34 页。

② 约翰·苏瑟兰德:《维多利亚时代的小说家与出版家》,伦敦大学出版社,1976 年,第 25 页。

表现在他写什么,还不如说表现在他回避了什么。《大卫·考柏菲尔》中的玛莎与小爱米莉,一个落入娼门,一个失身于纨绔子弟,对于她们的性格与命运,狄更斯搬弄辞令,虚张声势,却始终没有写出个所以然,最后只好把她们打发到澳大利亚,从此不在"文明"社会露面。显然,根据当时的道德偏见,少女一旦失贞就再也不能作为一个人来描写,而只能是耻辱的象征、悔恨的化身。又如《董贝父子》第54章中的董贝夫人与丈夫的代理人卡克尔的私奔问题。他们明明是私奔到法国,住进一家出租的公寓,狄更斯却听从一位道德化作家朋友的劝告,硬要证明他们没有发生两性关系。为此书中不厌其烦地交待时间地点房间的布局和这一男一女的一举一动,用心良苦,可怜可笑。最后,狄更斯又把卡克尔写成在当晚逃跑途中被火车轧死,总算解决了私奔而不上床的难题。至于《老古玩店》中奎尔普的性虐待、《艾德温·德鲁德》开卷妓院的场面、《小杜丽特》中魏德小姐的同性恋倾向等,都与作品的主题密不可分,但在作者笔下只能含糊其辞一笔带过,留下最隐约的暗示。这无非是因为,在那种道德化的气氛中,正如1844年《当代精神》一书中所说的,"用错三个字,甚至三个字母,都会使狄更斯在社会的各个阶层失去成千上万的读者"[1]。1843年,有位评论家称

---

[1] 乔治·福德:《狄更斯及其读者》,普林斯顿大学出版社,1955年,第31页。

道狄更斯"在处理一些挑逗性的情景时巧妙地做到不伤大雅——场景虽属下流,但又不冒犯道德"[1]。评者原是褒意,现在读来却无意中道出了狄更斯的弱点。

感伤是一种时尚

狄更斯的作品也是迎合中产阶级市民趣味的典范。

他的早期作品《尼古拉斯·尼克尔贝》通过一个地方剧团的生意经嘲讽了下等艺人为招揽看客而耍的种种噱头,然而狄更斯自己又不惜借用感伤和悬念等"情节剧"式手法来博取市民读者的青睐。

什么叫感伤呢?按照现代著名作家赫胥黎的著名定义说:"有感情,但表达得那么拙劣,伴随那么多表白,使别人觉得你没有自然的感情,而只能靠编造的一套文字来制作感情。"为眼泪而眼泪,这是狄更斯的拿手好戏。感伤在当时也是一种时尚。狄更斯小说中对儿童和少女形象的处理常常着眼于从中榨取感伤材料。如《圣诞欢歌》中克拉契特全家苦中作乐,全是感谢、全是激动,未免单调,缀上一个小丁姆,在欢乐中洒上几滴眼泪,搭配得恰到好处。杰弗利给狄更斯的信中说:"我敢断言,你这个道德化而又凄凄切切的《欢歌》准比《马丁·瞿述伟》的

---

[1] 乔治·福德:《狄更斯及其读者》,普林斯顿大学出版社,1955年,第29页。

奇思怪想销路强三倍。"①又如《老古玩店》的小耐儿,她被奎尔普追赶逼债,读者揪着心一章一章地紧跟于后,她的死,有蓝天、白雪、小鸟和常春藤陪伴,宛如一座美丽的雕像。其实这不是故事本身的必然发展,而更多是读者感情上的需要——陪着她流了那么多眼泪,若她不死,简直是欺骗读者。当时的思想家拉斯金就说过,"小耐儿被弄死是应市场的需要,正如屠夫宰羊一样"②。最懂得畅销诀窍的威尔基·柯林斯曾这样概括那些充斥通俗小说的感伤少女形象:"什么绯红的脸蛋儿、什么月下漫步、还有什么热泪夺眶而出、双膝跪地求告于狠心的长辈、狂喜地倒入情人的怀抱等等。"③对照之下,这种类型化的少女形象在狄更斯作品中不也比比皆是吗?据记载,列宁看《灶上的蟋蟀》改编演出时就受不了那"中产阶级的感伤"而中途退场④。当然,感伤成分不仅限于儿童和少女形象。《双城记》中的悉尼·卡尔顿本是个"多余人"形象的坏子,后来弄成一个哭哭啼啼的爱情至上主义者,为成全娇美人儿露西·曼奈特,竟表演了一个"调包儿计",顶

---

① 乔治·福德:《狄更斯及其读者》,普林斯顿大学出版社,1955年,第59页。
② 拉斯金:《小说,好的和坏的》,转引自《狄更斯·批评的传统》,第100页。
③ 柯林斯:《对小说作者进一言》,原载《家常话》第14期(1856年12月6日)。
④ 乔治·奥威尔:《散文集》第1卷,英国企鹅出版公司,1971年,第454页。

替她丈夫上了断头台,与其说是死在断头台上,莫如说是沉没在一汪感伤主义的泪水中。

"侦探小说之父"

构成"情节剧"成分的,除感伤,还有恐惧和悬念。狄更斯的小说有不少恐怖和暴力的刺激性场面,公开朗诵时把听众拨弄得如醉如狂①。《奥利弗·退斯特》中塞克斯杀南西、《马丁·瞿述伟》树林中的凶杀以及《双城记》中的群众场面都以恐惧与悬念吸引读者。狄更斯是犯罪小说和破案小说的能手。破案小说,在19世纪相当流行,可以说是犯罪小说的发展,人们的兴趣从罪行本身转移到破案过程的奥妙。不少这类作品以探长的回忆为依据,不仅有英国布尔沃·李顿的《佩拉姆》、《尤金·阿兰姆》,而且有法国的大仲马《基督山恩仇记》、雨果的《悲惨世界》等等。狄更斯与当时颇有名气的菲尔德探长有私交,曾实地观察他的工作,并在自己主编的《家常话》杂志上予以报导②,《荒凉山庄》中的布克特探长就是以菲尔德探长为原型的。狄更斯的小说,从《奥利弗·退斯特》开始,大都有犯罪、探案成分。《巴那比·鲁奇》中贯穿了

---

① 见菲·柯林斯主编:《狄更斯:〈南西与塞克斯〉及其他公开朗诵的节目》,牛津大学出版社,1983年。

② 《首都的卫士》,原载《家常话》,转引自丹尼斯·波特:《追逐凶手:侦探小说和艺术与意识形态》,耶鲁大学出版社,1981年,第152页。

一桩二十多年未破的血淋淋的谋杀案;《远大的前程》一开始就出现了逃犯;《马丁·瞿述伟》中描写了凶杀和破案;《荒凉山庄》中的遗产争执案和谋杀律师案是故事的重要组成部分;《我们共同的朋友》一开场就端上来一具身份不明的男尸;狄更斯最后一部未完成的作品《艾德温·德鲁德》干脆就是一部侦探小说,其全部吸引力就在于男主人公的下落:是失踪、自杀、还是他杀?狄更斯被称为"侦探小说之父"不是偶然的。《荒凉山庄》中的布克特探长是英国小说里第一个描写得有血有肉的探长形象。西方现代侦探小说中比较流行的收场方式——由探长占据舞台中心向众人层层剥开案情,即以《荒凉山庄》第54章为滥觞。布克特掌握全部线索,当场宣布了男爵夫人私生女的秘密和图尔金汉律师被害的真相,使在场的人无不目瞪口呆,而读者也从悬念与解决中得到心理上的满足。如果提高到意识形态上讲,还可以说得到了安全感。这也是贯穿一切通俗小说的一个基本精神。

  狄更斯作为通俗小说作者的高明之处还在于他巧妙地把各种刺激性成分调配得十分妥帖,使得一部作品既有一个主调,同时又有其他因素相搭配,以达到多姿多彩的效果。显然,这是长期采用分期连载形式对狄更斯的训练。狄更斯在《匹克威克》1837年版序言中说过,连载的作品在设计上得有两个中心:"每一期在某种程度上本身是完整的,可是20期收在一起时又形成一个协调的大整体。"这样,每一期必得包括不同氛围和色调的情节以满足不同口味的读者,最后还得捎带上一个悬念为下一期作铺垫。总之,一切都是为了抓住读者、保住市场。

狄更斯在《小杜丽特》中通过画家高文的形象讽刺鞭挞了那些出卖自己的艺术家。他自认凌驾于舆论、时尚之上,陶醉于自己的"权力"①。其实,如我们所看到的,正是舆论和时尚决定了狄更斯创作中的取舍增删,正像现代小说评论家艾德温·缪尔说的:"人们很难说是他牵着公众走,还是自己被牵着走。"狄更斯一生都在抨击那些把一切降为交换价值的社会制度,但归根结蒂自己也不免成为受价值法则支配的"市场上的作家"。

承认了这个狄更斯,有利于我们提高鉴赏力,看穿他的那些廉价的"效果"和人工化的套式而更自觉地通过语言与形象去发现那个狄更斯——描写了资本主义条件下的异化、表现了荒谬感和危机感,总之表现了所谓"现代意识"的说不尽的狄更斯。

原载《外国文学评论》1989 年第 4 期

---

① 乔治·福德:《狄更斯及其读者》,普林斯顿大学出版社,1955 年,第 20 页。

读书·写作·哄孩子

读英国的散文
——文学园地里的"孤儿院"

众所公认,英国文学有伟大的诗歌传统、戏剧传统和小说传统。同时,我们也不可忘记,英国文学也有其伟大的散文传统。培根式智慧的小品、斯威夫特式犀利的檄文、艾迪生式机巧的时评、兰姆式亲切的随笔、卡莱尔式慷慨激昂的告诫、切斯特顿式自嘲的幽默、奥威尔式的似是而非和似非而是……英国散文是一份宝贵的文化遗产。

散文似乎是我们日常生活中接触最多的一种文体,报章杂志上的文章都是广义的散文。所以散文也是最难以界定、最难以捉摸的。有人试图给散文分类:格言式的、叙述式的、描述式的、阐述式的、论辩式的等等。又有人把散文分成"客观的"和"主观的"。显然,任何定义和分类都不是绝对的。因此有人索性把散文称为文学的"孤儿院",收容着所有其他体裁与形式所容不下的东西,唯一的条件就是要篇幅短,正如孤儿都要年龄小。英国散文也不例外,常常与其他文学形式不能截然分开。即使在本选集有限的篇幅里也可以看到,英国散文往往以其灵活性而打破了与其他文学体裁的界限。哥尔德斯密斯的《黑衣人》可以跟任何小说中的人物塑造媲美,更不用说艾迪生、斯梯尔《观察者》中的人物画廊;格林《橱柜里的手枪》的悬念和反高潮创造了精彩的戏剧效果,而谁又能否认穆尔在评论德加斯的艺术时自己已进入了诗的境界?可以说,散文是最灵活、涵盖面最广、情绪变化幅度最宽的一种文学体裁。也许正因如此,专门写散文的作家并不多,而兼写散文者比比皆是:培根的散文作品总共才五十八篇,在他的卷帙浩繁的法学、自然科学等著作中占的比重很小,尽管他有"英国散文之父"的美称;以创办英国第一份杂志留名文学史的艾迪生同时还是古典悲剧的作者;以亲切诙谐的散文风格著称的兰姆另外还留下一部风靡世界的《莎士比亚故事集》,还不算他的文艺批评;而幽默大师切斯特顿除散文外不仅写过许多破案小说,而且他的《狄更斯评传》在狄更斯研究中还是很有影响的一家。总之,由于散文的灵活性,许多诗人、戏剧家和小说家同时也是散文高手。这大概也是英国散文特别丰富、发达的一个原因吧。

那么,对于散文本身的特点又究竟怎么看呢?有一位老派美国评论家黑德利克说得既通俗又亲切："你写信给朋友报告自己的近况,做了些什么,看了些什么,想了些什么……这就是写书,只不过书的规模更大。"他又说,"叙述个人所为的书是自传;叙述他人所为的书是传记或历史。如果人物是虚构的,那就是小说,记述见闻的书是游记,而记述个人所思所想的书便是散文集……""当然",他补充说,"不是任何一本记录个人所思所想的书都是散文集。譬如,如果分章分段地系统论述,那就不是散文集而是专门论著了"。最后,这位评论家像所有试图为散文下定义的人一样,求助于"英国散文之父"培根,培根在他的1612年版散文集的献词里说过,宏伟的论著要求作者和读者双方都闲适散淡,而那种状况是极难得的,因此他退而求其次,只在百忙中做若干笔记,录下自己关于一些问题的随想,"言简意赅,不求出语惊人"。沿着法国大散文家蒙田启用的essai一词,培根把自己的这类笔记称作essay,即"一试"。这可以说是英语中关于散文最早的定义了。

作者不拘形式自由自在地在有限的篇幅里试着向读者表达自己对某问题的思考,这便是散文。根据以上,有的评论家便概括说,散文可以叫做"闲谈的文学"。"闲谈"确实表达了散文的特点。其一,从内容方面说,"谈"必得有话题,即作者有一个核心思想要与读者交流。其二,从形式方面说,是"闲",是"散",这两点也就多多少少决定了散文篇幅的短。围绕这个根本特点,散文在形式上千变万化。在培根的笔下,语言被净化得完全围绕观念运行,作者在论述中甚至很少举例,标题本身就标明作者所关注的问题,如《说学》、《说逆境》、《说高位》等。培根式散文的后继者大有人在,如考利的《论贪婪》、约翰逊的《论言谈》、哥尔德斯密斯的《论衣着》、蒲柏的《论疾病》,乃至近现代康拉德的《戏剧审查官》、贝洛克的《脚注小议》、赫胥黎的《论舒适》或罗素的《论老之将至》。这种"论"可以是严肃的,如以上所举;它也可以是轻松幽默的,如《论说声"劳驾"》、《论男人的挥霍》。严肃也好,诙谐也好,无论如何,散文的一个基本要求是要有一个议题并围绕议题发挥观点,打开思路。

根据以上所述,还可以说,散文中要发挥的思想观点不求科学论述的全面、系统和准确,只求作者有见地,只求对读者有所启发、有所愉悦,使其得到审美的快乐。因此散文在形式上不局限于"论"的"经典"形式。譬如,为达到效果,散文有时竟不惜以模糊为美、以模棱两可去挑起读者思想的火花。如吉恩·瑞斯的《话说不打落定歇着的鸟》和《我也在这儿住过》是多么微妙、多么曲折地提出阶级鸿沟问题。而斯威夫特的《芹曝之献》则说反话以鞭笞统治者。其次,散文中要表达的思想观点不一定求新颖。试想,单就"死亡"这一主题就有多少人写过散文(还不算诗歌)——本集就收选了不止一篇。在散文中,题目是不怕重复的,怕的是没有作者自己独特的东西。最后,就内容而言,散文中议的问题本身也不要求"深刻"、"伟大"。从睡懒觉可以悟出做人的道理,如雷·亨特的《寒晨起床小议》;从扫把的"盛衰荣辱"可以议出世态炎凉,如斯威夫特的《扫帚说》。

总之,从内容上说,散文不求科学性,不求题材新颖,不要求"重大"主题,它只求言之有物。但散文不是在传授任何知识。散文的作者有自己的特殊感受要传达给读者,因此他的信息里包含了作者自己的个性、人格、气质。小说家、剧作家可以"隐匿"自己,散文作者却不能。在读小说、观戏剧时,我们有可能被情节迷住而忘掉作者。在读散文时,我们则时时意识到作者的存在,听到他的心声,感受着他思想的闪光,也窥见他的偏见和乖僻。因此,散文最要求作家的真诚——没有真诚就没有个性的流露,也就没有散文。像兰姆的自述、吉辛的《我的藏书》、南丁格尔的《无所事事》都带有明显的个人色彩和浓厚的个人情绪。就是那些不直接写个人而是论某某问题的篇章里,也都在字里行间透着作者的个性,确是文如其人,如约翰逊的居高临下、盛气凌人,康拉德对创作自由的执著。还有许多女性作家的或悲愤(玛丽·沃尔斯通克拉夫特),或泼辣(蒙太古夫人),或调皮(简·奥斯丁)。总之,散文里总是透着作者的个性,注入了他或她自己的生活或感情经历。有时,作家会在散文中不自觉地向我们暴露了他心中隐蔽的东西,如狄更斯的《夜游》不仅告诉了我们他的创作源泉,而且还揭示了他气质中深藏的诗意。实际上狄更斯是一位富有诗意和浪漫情怀的作家,过分强调他的现实主义就会忽略这一点。同样,萨克雷在描写勃朗特的《最后一幅素描》一文中一反自己惯常的玩世不恭,字里行间对于这位崇拜过自己并把《简·爱》献给自己的女作家流露了动人的温情。这就令人不得不想到当时的文人圈子里围绕他们两人关系的一段猜测,因为无巧不成书——萨克雷偏偏有个疯妻关在楼顶上,而勃朗特自己恰恰当过女教师。

就形式方面而言,散文中培根式开门见山的所谓"经典"形式只是一种假说,以强调思想观点在散文中的核心地位。其实,有了思想观点作主心骨,形式是不拘的。散文的写法是多种多样的。散文有叙述式的,如约翰·高尔特的《教区编年史》叙述了牧师选妻的整个过程,饶有趣味。散文有描述式的,如艾迪生的《西敏大寺纪游》的情景交融和《伦敦的叫卖声》的绘声绘色;而拉斯金的《19世纪上空的暴风云》则描写了19世纪的具体的雾和抽象的"雾",以唤起人们注意失控的工业发展所带来的危险。散文有戏剧性的,如芬妮·伯尼的那段日记生动地再现了她——一个不出家门的少女——怎样在众人的猜测中稳稳地瞒住了自己的创作秘密,简直像一幕客厅喜剧。散文有抒情的,如乔伊斯的某些片段。也有雄辩的,如伯克的演讲。总之,在有真知灼见的作家笔下,任何体裁、任何形式都可以写成散文精品——日记、书信、自传、传记、回忆录、游记、杂文、书评、剧评、美术评论、自序自跋、小品漫笔、文论政论、演说词、时事报导、历史记载、专著选段等等。所有这类体裁、形式中都不乏英国散文的精品，都可见英国作家思想的独创和语言艺术的隽永。

以历史、传记、自传等体裁的散文为例，鲍斯韦尔的《约翰逊传》，不言而喻，是世界文学中的传记名篇。在此以前，传记往往限于"盖棺论定"的形式，犹如人物画像，而鲍斯韦尔的传记看上去却像是即兴随手记录的，犹如当今的录音录像。这不仅是传记的一种革新，而且也使其散文有了新鲜活力。鲍斯韦尔的传记洋溢着对伟人的崇拜，似乎成了传记的模式。但约翰·奥布里的《名人生平小记》则把一个个达官贵人的一生压缩为几百字的一段段轶事，颠覆了我们对"伟人传"和"伟人"的概念，使我们不由得想到，难道身在高位就必定有丰功伟绩值得大书特书吗？也许有人会担心，自己身后会以哪件"轶事"被人记住呢？李顿·斯特雷奇的《维多利亚时代名人传》则开创了传记中的非英雄化潮流。这不仅是传记文学的一个转折，而且也是整个时代进入所谓"现代意识"的一个重要里程碑。再以历史片断为例，历史的写法可以是"英雄化"的，"崇高化"的，如《罗马帝国衰亡史》的作者吉本在跋中对自己所记录的惊天动地的事件惊叹不已。可是另一方面，重大的事件不一定是历史的全部，咖啡馆照样可以提供历史的透视，如麦考莱就曾把18世纪的咖啡馆作为时代的脉搏写进他的英国史，构成了独立成篇的优美散文。自传可以充满痛苦的自我剖析，如纽曼的《思想自传》，自传也可以是信仰的宣言，如威廉·莫里斯的

《我是如何成为一个社会主义者的》——对于他来说,社会主义是他通过思考而达到的信念,与个人得失不相干,所以表白起来十分坦然,透着光明磊落的正气。自传可以是大言不惭的"自我吹嘘",如特罗洛普在自传中不仅一笔笔交代他的写作收入,而且还公开了他炮制小说的诀窍。他的自传出版后引起英国文学界舆论哗然,可是今天看来他的自传写法戳破了文学生涯与文学创作的神秘性,也是一个有趣的突破,甚至是对于作家的一种解放。

在一切散文形式中,书信、日记最直接暴露作者的个性与人格(除了有意公之于世的那种书信、日记),因此在散文家族中占有特殊地位。如哥尔德斯密斯在给母亲的信中,口气那么天真、那么恭敬,全然是个孩子。司各特破产以后在给母亲的信中表达了自己紧缩开支、全力工作、还清债务的决心,语气沉重而坚定,文若其人。有的书信、日记记录了世界文学史中重要的时刻,如雷·亨特在信中第一个报道了雪莱溺水而死的消息,拜伦在信中为后世留下了他奔赴希腊的决心。英国作家的"独立宣言"也是以书信的形式流传后世的,这便是约翰逊博士致柴斯特菲尔德伯爵的信,悍然拒绝他的抬举与保护,表现了文人的骨气。这封信使收信人"遗臭万年"。其实,那封信是约翰逊自己事后追记,提供给自己的传记作者鲍斯韦尔的。虽然鲍斯韦尔后来又补充说那封信的副本找到了,但当时没有电脑输入或复印,被誉为文学家"独立宣言"的那封信原文究竟如何将是个永远的秘密。这恐怕也是散文文学中少有的奇闻。有趣的是,收信人柴斯特菲尔德伯爵本人也是第一流的书信写作者,留有数十卷书信给他的私生子和他的养子,其中包括不少关于做人方面的有益见解。柴斯特菲尔德的一些指教被人指责为"玩世不恭",把青年引入歧途云云。其实,就当时的现实而言,柴斯特菲尔德只是说出了别人做而不说的。特别是关于18世纪开始引起人们注意的文化教养问题,柴斯特菲尔德的一些见解今天看来既有趣又有启发性。

书信、日记还常常透露作者创作灵感的来源。奥斯丁给侄女的信中提到的"三四户人家……"正是她自己小说的写照,而她的许多机智挖苦的对话简直像是从她自己的信中摘出来的。彭斯给友人的信中为后世记下了他听到的鬼故事,这后来在他的笔下就变成了著名的滑稽鬼怪叙述诗《汤姆·欧·山特》。雪莱之妻玛丽·雪莱以前言形式记录了她写《人造人的故事》的经过。她笔下轻描淡写,殊不知她的这部作品后来就开了我们今天所知道的科幻小说的先河。有时,重大历史事件在当事人的笔下几句话一笔带过,如维多利亚女王登基前夕的日记,令人不禁想到历史意识的相对性。有时世俗眼光中微不足道的小事可以说明大问题,如卡莱尔之妻简·卡莱尔的日记在不露声色的日常生活记录中暗暗暴露了"伟人"卡莱尔的渺小以及身为"伟人"妻的难处。多萝西·华兹华斯,英国著名桂冠诗人华兹华斯的妹妹,在日记中有许多关于湖畔景色的描写显然都是诗的胚胎,只不过,定型为诗句而正式发表时用的不是这位原始记录者的名字,而是记在她的著名哥哥威廉·华兹华斯的名下。这其中的秘密不仅牵涉到华氏兄妹之间的关系,而且还指向一个更广泛、更敏感的问题,即女性的被压抑、被埋没。

正如吴尔芙所指出的,书信和日记是女性手边最方便、最廉价的写作工具,只需一张纸和一支笔,因此也是女性最善于利用的写作形式。备受兰姆和吴尔芙称赞的纽卡瑟公爵夫人早在17世纪就确立了女人"为自己写自己"的传统,"不求取悦读者,但求把真相留给后世"。在她之后英国有不少女性把自己的话留给了后世,不论是以自传、书信、日记或其他什么形式。她们有时巧妙地揭露女性遭到的不公平,如埃杰沃斯戏论女性自我辩护的"艺术";有时流露苦闷与愤懑,如勃朗特姐妹的书信日记;有的积极追求建立新的"母系传统",如萨克雷的孙女安·萨克雷别出心裁地论"女英雄"们的"祖母"。

散文不求严谨,但求散漫。"闲谈的文学"这一散文概念包含了让话题自由蔓延的意味。作者的标题可能是《论蚂蜂》,可是读下来,我们得不到什么养蜂的知识,倒是获得了作者对生存竞争的思考,只不过蜂的刺颇具攻击性的联想。作者的标题可能是《古瓷》,可是读下来我们对瓷器依然一无所知,倒是窥见了一颗凄凉的心,而清凉的古瓷倒成了非常贴切的暗喻。作者的标题可能是《我也在这儿住过》,并不是感伤的回忆录,读下来我们对于作者的过去所知甚少,倒是领悟了英国殖民主义下种族主义的病毒的侵袭,哪怕孩子们也不能幸免。这就是散文的自由随意性。萨克雷的散文集就叫做《拐弯抹角文集》。可见在散文中,两点之间最短的不一定是直线,有时竟是曲线。

总之,不论是通过曲线还是直线,散文作者与我们读者推心置腹,告诉我们他(她)对某个问题的思考、心得。我们读散文好像应作者之邀在他的精神世界里旅游,一路观赏领略。有时候我们会恍然大悟:的确,少年儿童的教育关系着人类的未来——"在犹大失去的童年里,基督被出卖"。有时候我们会被深深地触动:《话说不打落定歇着的鸟》这样一种文明教养的标准是多么虚伪而冷酷地在英国人与英国人之间画出了阶级的鸿沟。读着一些散文名篇我们常常会有认同感,作者说的也就是我们自己想的,只是理不清楚、说不明白,而作者给我们说出来了。这就是散文的艺术。

散文虽说是"闲谈的文学",但究竟不是生活中的"神侃"、"神聊"。散文之所以是散文,归根结蒂,在于它思想的感染力和语言的艺术,在于作者对风格、语调、辞藻的掌握。散文的语言往往不显眼,它自然流畅,好像全不费工夫,实际上是很有讲究的。英国散文风格丰富多彩,从极端的言简意赅到海阔天空的自我放纵,我们在其间看到有埃杰沃斯式女性自我贬损中的淡淡嘲讽,有弥尔顿"旧约"式的抑扬顿挫,有现代幽默家的调皮与讥诮。此外,还有约翰逊精神导师式的大字眼儿和长句子在我们耳边隆隆作响。总之,语言、风格、语调都与内容配合得当,达到完美的协调。但是另一方面,在大手笔的驾驭下,内容与形式的不一致不协调也可以构成绝妙的散文艺术。斯威夫特用认认真真的语调建议英国的富人把爱尔兰穷人的孩子做成菜吃了,好像是为各方着想,实际上在那不动声色的背后藏着满腔的愤怒与仇恨。又如奥威尔在他那散文名篇《政治与英语》一文中,拉开架势甲乙丙丁一二三四排列了一系列的问题,像是处理科学数据,其实他不是不知道,《政治与英语》提出的是权力对语言的暴力,是政治对语言的败坏,都是无法用科学尺度衡量的。然而他的巧妙也正在于此。

英国散文的主要特点是什么呢?英国散文之丰富是难以简单概括的,但是若要指出一个主要特点,也许英国散文的嘲讽精神值得我们特别重视。英国散文中嘲讽的表现形式丰富多彩:玩世不恭、道德义愤、反偶像主义……其变化是无穷尽的。17、18世纪的斯威夫特把骇人听闻的食人行为表述得完全合乎基督教精神,他对基督教精神的看法就不言自明了。在《格列佛游记》中,秩序井然的马国给人类照了一面镜子,使其认识自己的丑恶,但是马国的机械反过来又何尝不是对当时备受推崇的"理性主义"的一种嘲讽?18世纪的菲尔丁提出了"散文体滑稽史诗"的小说理论,并通过他自己的小说作品发展了英国散文体中的滑稽、讽刺和闹剧式的描写。他的

《论穷人和优于他们的人》,不言而喻,标题本身就是一个讽刺。吉本的理性主义的怀疑精神贯穿了他的历史巨著,使他不仅否定古罗马文明,而且还进一步对否定了古罗马文明的基督教精神也表示怀疑。深受18世纪文学影响的萨克雷最早是以《势利眼集》等讽刺散文开始他的文学生涯的。他的成名之作《名利场》的副标题"没有英雄的小说",充分暗示了萨克雷的讽刺精神、厌恶情绪和他在道德是非上的怀疑主义和模棱两可。勃特勒的《乌有国》步《格列佛游记》之后尘,以假想的乌有国游记来讽刺现实,只不过在这里,讽刺对象是正统基督教、传统家庭、资产阶级的体面教养等等英国19世纪维多利亚式道德精神的支柱。而在该书"机器篇"里,勃特勒又进一步描绘了机器统治的后果,对于没有人文精神的科技世界同样充满怀疑。王尔德的名字往往与一些"似非而是"的警句相联系。他的俏皮而模棱两可的反话,令人捉摸不定。事实上,王尔德关于艺术与生活之间关系的见解深刻地接触了艺术的本质,破除了维多利亚主义的道德化观点。而萧伯纳通过他的戏剧和散文把反嘲与对社会问题的思考结合起来。勃特勒、王尔德、萧伯纳一脉相承,代表了战前英国散文中最彻底的反偶像主义精神。第一次世界大战以后,是斯特雷奇贬损上一代伟人的《维多利亚时代名人传》典型地体现了战后一代人的幻灭情绪和价值观的颠覆。现代的大散文家赫胥黎在《美好的新世界》里,也呼应了斯威夫特,通过假想的未来世界,表现了一个"反理想国",预示了奥威尔《1984》的噩梦。这时的嘲讽已充满恐怖了。当然,另一方面,英国散文中也始终保持着英国式轻松幽默、自我解嘲的传统,显示着一种精神上的自信。

三百多年来,不同类型、不同风格的英国散文的发展也可以说是散文这个最为灵活的文学体裁本身发扬光大的历程,至少在欧洲可以这样看。16世纪的哲理性小品,17世纪的人物素描,18世纪的时评,19世纪的随笔与文论,20世纪低调的反嘲……每个时代都有自己的特色。与科学上的发展有所不同,在文学的宝库里后来者并不淘汰前者,也不一定超过前者,"发展"需要打上一个引号。三百多年来的英国散文不是在进化,而是在不断丰富着自己,留下了三百多年的辉煌。从宏观上说,在这个过程中,在这个辉煌里,散文体本身通过英国作家的笔耕而在自我寻找,自我定义,自我丰富。从微观上说,散文的读者也许在娱悦之余发现,他或她原来也有话要说,或对旧话题有新鲜的想法要表达,有自己独特的语言,骨鲠在喉,一吐为快。这时,散文的作者与散文的读者达到了"神交":散文作品正是通过忠诚的读者一代一代流传着,而读者有时会发现在阅读的过程中自己也成了散文作者。

《最后一幅素描·序》,百花文艺出版社
1999年出版,本次收入有删改

他在等什么?
——我读哈金的《等待》

哈金在一次公开演讲中曾说到他写《等待》的动因,他要描写一个没有激情的男人。他曾听过一位女士在公开演讲中说,她恨不得自己的丈夫有一次外遇,以证明他是个有激情的男人。于是哈金自己动了念头,要描写"一个没有激情的男人"。

一个没有激情的男人是什么样的人?古往今来的文学作品中,有哪些这类的人物形象?哈姆莱特被认定是优柔寡断、无作为的忧郁者形象,那是过时的评论了。哈姆莱特在叔叔无防备时放过了刺死他的机会,那是因为叔叔正在祷告,哈姆莱特不愿一剑把他送上天堂。可是此后他就再也没有机会了,直到最后叔叔利用莱阿提斯设下比剑的圈套。而哈金《等待》中的男主人公孔林却错

与哈金夫妇

过一个又一个的机会,错过之后又等待下一个机会,是一个真正窝囊的男人。

翻开《等待》的第一章,是一幅平和安乐的北方农村家园的图景。坐北朝南的土坯房,几只小鸡在洒扫干净的庭院转悠,菜园里长满成熟的茄子、黄瓜、豆角,菜园旁边是猪圈。院子前的大道上时不时有牛车过往,车上堆满新收割的小米。孔林在部队医院当医生,每年有十二天的假,抛去路上的时间,可以在家里待十天。故事开始时,孔林正在家里度假。一切都那么熟悉,那么舒服。清凉干净的炕席子,可口的碴子粥和小菜,妻子淑玉把他照顾得舒舒服服的。孔林正在享受他的休假。

可是另一方面,孔林是带着"使命"回家的,他的女友等着他办离婚。故事开始时,孔林已是第十七个夏天回来办离婚,却仍然没有办成。孔林当年是按父母之命糊里糊涂地结了婚,后来糊里糊涂地陷入"婚外情",从此就年复一年在女友的压力下有气无力地争取离婚,又由于各种外力的阻拦而年年都离不成。

阻拦来自很多方面,可是归根结蒂,症结还在孔林的内心。小说开头描写的"睡谷传说"式的田园景象既是背景,也是孔林藏在内心的理想境界:舒服自在一身轻,没有谁对他提出感情的要求,他自己也不觉得欠了谁的感情债。他在感情上似乎处于冬眠状态,他是一个没有激情的男人。

《等待》可以说是由男主人公孔林一次次受挫的离婚之举串连起来的故事。孔林要离掉缠足的乡下妻子,娶一位"现代"女性——医院里的护士长曼娜。最后,当他如愿以偿的时候,他又要求发妻淑玉等着他,在一个渺茫的未来回到他的身边。

经过十八年的等待好容易才离了婚又结了第二次婚,孔林在故事的结尾真的又在期待下一个换妻的机会吗?他的第二届夫人曼娜被诊断患有严重的心脏病,将不久于人世。然而在故事的结尾,当他们夫妇打扫房屋准备过年的时候,孔林注意到曼娜边干活边唱歌,声音嘹亮,充满生机。"注意到"?怎么个"注意"法儿?这里留下了巨大的空间。"惊恐地","不安地","沮丧地","无可奈何地"?为什么不是"惊喜地","如释重负地"?在古往今来的文学人物形象中,孔林是少有的偷偷、甚至有意无意地盼着妻子早死的一个老实人,而且还是他苦苦等待了十八年才娶到的"现代"女性。也许孔林不知道自己的心,也许他不敢正视自己的心。

英语成语"to make a wish and have it"字面上似可粗略地译作"心想事成",但真正的意思并非"心想事成"、称心如意,而是恰恰相反,只不过,话说半句,下边的意思就明白了。孔林与曼娜等待了十八年才结婚的故事,可以视为"to make a wish and have it"的一个诠释。它提示人们,你知不知道你梦寐以求的到底是什么?你一心向往的东西一旦出现在你面前,你受得了吗?

孔林与曼娜的故事令人想起英国19世纪小说家乔治·爱略特的名著《米德尔玛琪》中里德盖特医生的悲剧。他被文西市长的女儿萝莎蒙德·文西小姐拴住了,婚后只能给富贵人看富贵病,赚钱以支持妻子的奢侈生活,从而断送了自己的事业,直至送了命。年轻的里德盖特只不过偶然为萝莎蒙德小姐捡起马鞭子递给她,他和她只不过交换了一个眼色,他的命运就被定下来了。在《等待》中,孔林的手轻轻地按着曼娜在急行军中受伤的脚,为她挑脚上的水疱。这就引发了这个单身女人的幻想——她想象着自己取代孔林的乡下老婆。而对他来说,触摸曼娜的脚使他毫无边际地想到了"地主资本家"多妻制的淫乐——这也就是孔林想象力的极限了。后来,曼娜请孔林看戏,在剧场暗淡的光线下,他们两人的手互相玩抚,接着紧紧握在一起。孔林想:"如果这就是外遇,那就随它去吧。""随它去吧"这个不像样子的"决定",看来是孔林一生中所作的最重要的决定,也是典型的、孔林式的决定。这也是一个致命的决定,因为对方所要的不是"外遇"而是明媒正娶。这个细节是小说里少见的以脚和手的触摸而定情的精彩文字。孔林的生活从此变了样:为了跟曼娜结婚,他不得不走上离婚的苦难历程。同时,他们两人也身不由己地被置于"喜新厌旧"的男人和"狐狸精"式女人的角色之中。

作为一个图谋换妻的男人,孔林显得漫不经心,心中无主。与其说他在想方设法办离婚,还不如说孔林被离与不离的两种外力推来推去,在左右为难中度日子。在《等待》开篇,作者笔下的家舍、猪圈、鸡群、菜园子呈现一片农家的景象。孔林坐在炕上美滋滋地吃着妻子淑玉做的家常饭,他心满意足。但现在孔林不得不硬下心来,强迫自己开口提出离婚。淑玉老实巴交,虽然心里难过,但样样都听孔林的,就是离婚也说不出个"不"字。按说,孔林离婚的历程还没有开始就可以宣告结束了。可是事情不那么简单。孔林离婚道路上仍然充满障碍,害得孔林只好年复一年地"每年夏天回到大鹅村去跟淑玉办离婚"。《等待》中的这第一句话就准确地点出了要害:问题不是喜新厌旧的爱情纠葛,而是男主人公那一纸离婚证书的不可得。

离婚路上的障碍首先来自"组织领导"。这个军医医院不知多少年前的一位老领导曾规定,他管辖下的本院干部必须在分居十八年后才可能宣布自动离婚。这道命令成了不成文的法规,沿袭至故事开始时的60年代中期。孔林与曼娜"搞上"的时候,他结婚才几年,何年何月才能熬过十八年?其次,还有本单位的舆论,即简·奥斯丁的小说《诺桑觉古宅》中所谓的"街坊邻里的间谍网",使得孔林与曼娜根本无法正常地接触,更不用说"谈情说爱"了。再者,还有孔林乡下老家亲戚朋友们的不理解:淑玉是个孝敬公婆、给老人送终的好媳妇,怎么可以一脚踢开?加之,"文革"期间民众无目标的愤怒,一股脑儿都集中到"道德败坏分子"孔林身上。而最难缠的还是淑玉的弟弟本生,这个狡猾的农民视姐夫孔林为摇钱树,死活也不同意他同姐姐离婚。就这样,孔林的离婚案一年一年地拖下来,直到医院规定的十八年期满为止。

西方读者不假思索地把孔林与曼娜结婚道路上的磨难归之于军医医院的规定。事实正好相反,多亏这条规定,孔林经过十八年的等待,依仗这条规定的权威,才终于达到离婚的目的,与曼娜结了婚!要是等待孔林自己去办,那是一辈子也离不成的。因此,还是得感谢"组织领导"的规定解救了这一对倒霉的情人,这是弥漫《等待》全书的反讽精神中最精彩的表现。

《等待》也是孔林性格逐渐展现的过程。孔林作为东北偏僻小城中一座军医医院的大夫,本来平平淡淡地过日子,生活刻板,感情麻木,但也不失为一种活法,不料半路出现离婚风波,一次次地冲击着孔林,暴露了他性格中隐秘的、自己也未必意识到的软弱。在与曼娜旷日持久的"婚外恋"中,孔林一直如书中所描写的那样,对爱的前景感到沮丧,提不起精神来。曼娜精心安排他们俩到外头偷偷地过夜,竟被孔林拒绝,原因主要是出于谨慎。有一度,孔林甚至愿意放弃这桩缠身的"外遇",可惜没有合适的男人肯从他手里把曼娜接过去。长期积累的挫折使曼娜在公开场合对孔林来了一次歇斯底里的大爆发,后来甚至向他挑战:"来呀,你'搞'我呀!"接着出现了一个更大的危机:在孔林出差的空当,曼娜被他们偶然相识的一个退伍军人——剽悍的耿扬——在医院病房里强奸了。孔林自己曾不经意地向耿扬透露过曼娜还是处女,这就促使流氓成性的耿扬去做孔林做不到的事,以此向他挑战。如此对孔林男子汉自尊心的重大打击使他气愤不已,但瞻前顾后,他还是无可奈何,没有行动。也正是这同一个耿扬,过去曾给他们出主意,用钱收买淑玉的弟弟本生,为他们的结合扫除障碍。可是这种事孔林做不出来,何况他也拿不出那么多钱。

孔林长期恪守的谨慎路线终于得到了回报:他与曼娜避免了公开丑闻,顺利地通过了单位的调级,两人的工资各长九个大元的人民币!这就是"等待"的回报!就这样,在孔林的坚持下,他们的"婚外恋"拖了十八年,他自己身心疲惫,而曼娜也变成了一个性压抑的、歇斯底里的女人。现代美国文学中还难得找出描写得这样透彻的一个没有激情、没有主见的窝囊废男人形象。

婚后,孔林为满足曼娜无休止的性要求,加上养育一对双胞胎儿子的劳累,把自己弄得狼狈不堪。在别人看来是幸运的境况,他却天天受活罪。一个偶然的机会,他去看望前妻淑玉和他们的已长大成人的女儿。他又一次坐下来吃淑玉的饭,借醉意脱口对她说:"宝贝儿,你可等着我呀!"言下之意,等到被诊断患病的曼娜死后,要淑玉回到他自己的身边,给他带孩子,帮他找回当年的省心和安宁。小说最后描写孔林与前妻的团聚是小说开头时那幅田园景象的翻版,这就是孔林要的生活。它被曼娜打乱了,有一天没有曼娜了,他孔林还要回到这样的生活里,舒舒服服的,对他没有感情上的要求。这就是等待了十八年的结果——新一轮的渺茫的等待。

除了窝囊,孔林还是一个自我中心的男人。他只管滔滔不住地说,却没有发现淑玉已经不是他认识的那个一言不发的乡下女人。她换了装,改了发式,脚也"放"了,言语不多,却是自己当家做主的口气。她在生活中站起来了,不需要谁收回她,她也不把孔林的话当真。在《等待》奇特的"三角关系"里,淑玉是唯一的赢家。

孔林想再次换妻,也许要判处又一个十八年的等待,进入又一轮"to make a wish and have it"自我嘲讽的喜悲剧。从这个角度看,《等待》中孔林的故事写的是人生和人性,它的基调接近残酷。

《等待》第一版的封面上,有一束辫子。我个人理解那是印第安人用来计算年轮的方法,在这里指向十八年的等待,跟《中华读书报》上发表的大批判文章所说的"辫子"风马牛不相及。至于故事中淑玉的缠足,那是作者从他在东北当军医的亲戚那里听来的一个真实的故事。《等待》获 2002 年美国全国图书奖,因为它是一部文学杰作。

以上是我作为一个读者对《等待》的"阅读与欣赏",可能离谱儿,不过它是我自己读出来的。我看过这本书。

原载《万象》2003 年 4 月号,本次收入有修改

听衣裳讲那百年的故事
——读袁仄、胡月著《百年衣裳》杂感

我第一次接触衣裳作为一个研究课题是1981年在波士顿,沈从文先生访美期间应邀到哈佛讲他的服装史研究,临场译者是耶鲁的著名汉学家,好像还是沈先生的连襟。演讲开始前发现,美国的汉学家听不懂沈先生的湖南口音。主持会的韩南教授临时抓我帮忙,我是天津人,嫁给了湖南人,去过长沙,听得懂湖南腔,于是我从听会者变成了口译者,从沈先生的讲演中,第一次听说了服装史里的学问。沈从文先生在故宫里埋头研究,非常投入,有一次忘了下班,一个人被锁在宫殿过了一夜。服装研究对于一个学者的吸引一至于此,给我留下深刻的印象。

回想自己对服装的想法,都是从小说里得来的:柯林斯《白衣女人》中的两个白衣女人,狄更斯《远大的前程》里二十五年未脱下婚纱的哈薇香小姐,还有当前戴思杰的小说《巴扎克与中国小裁缝》中几个调皮的知青,他们不接受贫下中农的"再教育",反其道而行之,对农民大讲《基督山恩仇记》,还用小说主人公的海军方领与飘带的"服装改革"对贫下中农进行"改造"!在这些描写中,作者好像是通过服装描写来完成对人物形象的塑造,要我们"观其服,知其人"。

在这方面,狄更斯更是别出心裁,让衣服作为主体对读者说话。在早期作品《博兹杂记》里,他写到自己站在伦敦贫民区一家旧货店门前,看着店里堆放的旧衣裳,好像听见衣裳向他讲一个人的故事:小时上学穿的校服,寄托着妈妈的希望;少年时混了个小差事穿的制服;最后的几件破衣裳述说了这个人如何学坏、酗酒、犯罪,在绞架上结束了一切。

真的,不留意也罢,稍加留意就会发现,小说故事里到处有关于服饰的描写,服饰甚至影响人的一生命运。信手拈来的例子如莫泊桑的《项链》:如果玛蒂尔德不是那么苦闷,那么厌恶小职员家庭捉襟见肘的生活状态,那样向往荣华富贵哪怕是一夜欢,她就不致为参加舞会买了裙子还要去借项链,就不会那么兴奋陶醉以致丢失项链,从而改变了自己和丈夫的后半生……

多半是小说看多了,我拿起《百年衣裳》还没有翻开书页仅看了标题,思想就跑野马似地一会儿英国的狄更斯、一会儿法国的莫泊桑……浮想联翩,好像小说人物身上穿什么全由着作者大笔一挥,而现实中的我们每天的穿衣戴帽全凭自己高兴。

当我坐下来认真逐字逐页读袁仄、胡月花十年工夫写成的这本书,我感到他们向我打开了一个浩繁的世界,图文并茂地展示了近百年来中国服装的演变,告诉我其中包含的成文的、不成文的"法"、"规则"、"规定":告诉我什么人什么时候穿什么戴什么不是随心所欲,而是由许多不同的因素制约的,有时出于现实的考虑,如满服适合骑马,有时出于政治的考虑,如清政权对汉人规定的"留头不留发,留发不留头";告诉我"中国历代统治者都把服饰纳入维护宗法社会制度的礼法规范之中,从周开始,就把商代已经存在的服饰等级的差别加以制度化,使之健全为以血缘家族为基础的封建等级制度……"原来,服饰不是个人的事,而是历朝立国的重要举措之一(75—76页)。

我想,既然如此,那么,这"立国易服"应该说是专制主义的表现吧?可是民国初年也颁布了服饰礼仪的法令,对民国男女正式礼服的样式、颜色、用料等都做了具体的规定(73—74页)。可见,这时"易服"又有了革命的意义。接着,五四运动对民族文化传统进行激烈的批判,引进了以人为中心的人文、人道思想,确立了人体之美的观念。于是服饰也经历一次无声的革命,从遮蔽人体改为显示人体之美,例如贴身的"旗袍"。

20世纪的后半叶,中华人民共和国成立,建立无产阶级政权,领导全国人民建设社会主义、走向共产主义、宣告这个政权不同于历代的任何政权,并没有像过去的政权那样颁布服饰礼仪法令。但是,事实上广大人民群众,特别是城市居民,都穿上了中山装、列宁装,形成了一种"具有特别政治意味的服饰时尚……好像自发地都将自己融到一片蓝、黑、灰的保护色中去"(265页)。在这里,服饰,如同会上的发言一样,是一种"表态",一片蓝、黑、灰标志着"万民一致、追随革命的大统一"(267页)。对这一种史无前例的局面,两位作者指出,这种无指令而出现的服饰的大一统是靠"意识形态的力量"(254页)形成的。我觉得这个解释很实事求是,有说服力,也有创见,在服装研究中打开了一种新的思路。

　　至于"文革"期间,不容置疑,"大一统的穿衣模式造就了民众思想的高度统一"(331页)。两位作者在这大一统局面中除了看到"政治宗教性服饰在960万平方公里的土地上传播"以外,还特别指出,在"时代不同了,男女都一样"的口号下,服装取消了女性的因素,摒弃人体美,恢复了封建的对人体的遮蔽,强调性别的隐藏而不是张扬,从而在服装中也形成一种"畸形的无性差别"状态,从而"委屈了一代女性",使她们"失去了十年美丽的时光"(361页)。从女性主义角度思考"文革"时期的服装,这在我们女性主义研究中似不多见,在这点上,也许袁、胡两位作者也打开了一种新的思路。

"文化革命"结束,中国进入改革开放的新时期,精神生活中倡导"思想解放"、"以人为本",其重要表现便是服装上的开放,追随国外,主要是西方国家的时尚。两位作者详细地介绍了80、90年代男女老少的服装令人眼花缭乱的演变:从追求舒服、漂亮、性感、时尚,服装逐渐成为个人自我表现的文化符号,即包括阶级身份、社会地位、文化档次、气派、品位、情调、情趣。总之,通过服饰表现主体的个人,当前在城市青年群体里常常以"酷"(cool)来概括。"后现代"的新人类或新新人类,他们日益精致的服装文化,总是要借用某种观念某种形式来体现,不论是cool,或prep(从美国的贵族中学prep-school而来),或bobo,或什么其他。于是,这种个人的、独特的、自我表现只能是一种模仿,无论时尚来自东方或西方,或怀旧回到30年代。为了寻找独特的自我表现形式而一轮一轮地模仿,这里包含着"模仿"和"独特"的内在矛盾,因而不可避免地要带来一种焦虑。哪怕是"反"潮流"反"时尚,也不得不把那个由看不见的手所操纵的"时尚"当做自己的出发点。英语里有elaborately casual一说,即在服饰上力求摆脱时尚的影响,追求驾驭在时尚之上的"随意"。欲达此境界,就不得不费尽心思、精心设计,故称elaborately casual,即刻意营造出来的"随意"。

说到这里,我不由得想起改革开放初期的1979至1980年,单位交我一个临时任务,接待两位代表UNESCO来访的美国教授。那两位先生虽然对中国友好,但脑子里有不少旧偏见,我接待中向他们介绍了改革开放的新气象,包括到处可见的服装的多样化和色彩。其中一位哈哈笑,说"如此说来,你们现在遭受着时尚的独裁啰!""时尚的独裁"(原话"the tyranny of fashion")表述得夸张,但也许值得我们在忙于追赶时尚潮流的同时偶尔停下来琢磨琢磨。

袁、胡的力作包含大量扎实的材料,在历史资料、漫画等图像之外,还配有一百多张私家珍藏的老相片,是一个资料的宝藏,一部令人思考的研究型论著,同时它的文字流畅亲切,使我这个外行拿起来就放不下,还禁不住要写下自己的感想和对两位作者的感谢。

原载《时尚北京》2011年第6期

三十年辛劳结硕果
——读谢玉娥著《性别·习俗·文化——转型期有关问题的考察备案》

"妇女研究",或"性别研究",或"女性主义理论"——随便怎么定名吧,我们心里都有数——可以说是一个庞大的、综合的学科,其中包括历史研究和现状调查、民俗文化和文学艺术,有的研究采用法学的角度,有的偏重心理学、文艺学、语言学、人类学、性学……其范围很难界定,何况作为一个学科它还在发展。但是无论学科本身的范围有多广,有一个因素把它的方方面面维系在一起,那就是对人类的那"一半"——英语中有时被某些已婚男士称为 my better half(我的更好的那一半)——的关怀。在这个意义上说,"妇女研究"作为一个学科就不仅是一种学术活动、一种智力游戏,它含有对女性在整体上的一种人性的关怀。要不为什么这一行业的从业者以女性学者、女性社会活动家为主?

在河南开封大学文学院图书馆默默工作了三十多年的谢玉娥就是这样一个人,既钻书堆——古今中外从《周易》到《圣经》、从《小女人》到《大浴女》——又能跳出书堆,实地考察妇女状况。更可贵的是,她三十多年来默默地做"妇女研究"的资料搜集和汇编,胸怀全局,掌握学科发展的来龙去脉和最新动向。

我第一次见到她,是在香港浸礼大学主办的一个学术会上。当时,她引起我的特别注意:别人做报告、做发言,她谢玉娥偏偏做"汇报",谦虚而真诚地说她为大家"服务"。事实上,她掌握学科的全局,不仅在自己的研究和写作中最有资格针对学科动向发言,而且整个学科队伍都得益于她耗多年心血主编的独一无二的《1978—2004 女性文学:研究与批评论著目录总汇》。她的确为现在和未来的一切从事"妇女研究"的学者服务了,包括我这样偶尔涉猎此行的业余爱好者。我们真的谢谢她。

谢玉娥在自己的研究中能大处着眼小处着手,向读者呈上自己的独到之见,引发读者的思考。从对初生婴儿的命名,到新媳妇回家拜年的习俗,她都从中有所发现,提出问题令人思考。例如关于生育中对男孩的"偏好"这个传统观念的一个集中表现,她呈现给我们的数字说明,除极个别小组除外,几乎村村、组组的男、女婴出生比例都失衡,而且随着时日的行进,这种性别比例的失衡

与河南大学谢玉娥老师在上海女儿家

不是缓解而是加剧！如河南武陟县G村：

1985—1995　女男出生比例为100/101

1996—2006　女男出生比例为100/165

对于这种无异于杀女婴的现象人们好像习以为常了。一桩谋杀案可以上报纸、上电视,但"被失踪"的女婴呢？我们的宪法保护妇女的种种权利、权益,要不要加上一个出生的权利呢？即免于被现代科技B超、CT和现代医学手段剥夺生命的权利？

西方国家,譬如美国,有一些基督教教旨主义者,不分性别一律反对堕胎。我亲眼见他们周末会在一些医院门口举着牌子示威,对进进出出医院大门的人小声说:"Murderers, murderers"(杀人犯,杀人犯),也不问人家进进出出是干什么的。他们认为,胚胎是基督教上帝赐予的,从存在的那一刻起就是人类生命,因此他们把堕胎一律视为"谋杀"。反对这种极端主义立场的人,从科学和人道出发,认为妇女必要时有权利终止妊娠,特别是早期妊娠,而不承认其为"杀生"。他们各方在尊重生命这点上是一致的。

我们没有那些咬文嚼字的争论。在我们这里,惟其是生命,我们才要把TA打掉——只因为TA的性别"不正确",是女性。

谢玉娥从文化层面提出男女出生比例失衡问题,使我们不由得进一步想到,这种两性出生的比例失衡,如果任其泛滥,延续下去,对我们国家的政治,经济,社会,文化,习俗,心理等方面都会发生些什么样的影响?设想一个女人越来越少的世界,那会是一个什么样的世界?马克·吐温——一个跟女权主义毫不沾边的美国作家——曾自问自答地说过:"要是女人都没了,男人也所剩无几啦!"

谢玉娥研究和关怀的面很广,这充分体现在本书目录的各篇中。她阅读面广,既善于综合归纳,如对"散文中的小女人"的鞭辟入里的透视,又有精致的作品分析和鉴赏,如见她评《大浴女》。那是紧接着作品问世而出现得最早的一批评论中很突出的一篇。谢玉娥引领我们跟踪《大浴女》中女主人公尹小跳的心路历程,让我们在观念上摆脱对所谓"现代女性"的窠臼,使我们用新的眼光看待她们的爱、她们的追求和她们的放弃。她引领我们审视尹小跳跟自己母亲的疏远、疑惑,甚至敌意,打破我们在过去的一些文字中常常碰到的公式化的母女关系的描写,好像女人一旦做了母亲就不再是一个主体的人,而只能嵌入一个慈母的模式——除非是后母,而那又是一个模式,只不过把慈母模式颠倒过来。

　　谢玉娥的评论引领我们深入到尹小跳的内心:我们感受到她的挥之不去的不安和她的身不由己的自问、自责。尹小跳不愿意面对的是:她自己的"不作为"曾经造成了一个小女孩的死亡:她眼见小女孩走向敞着盖子的下水道井口。她来不及跑过去阻挡……真的吗?要是喊一声呢,也来不及吗?尹小跳的"不作为"造成自己的小妹妹的死亡。然而,这真是她的妹妹吗?小女孩儿真是她爸爸的女儿吗?随着小妹妹的死,这个疑问自行消解了吗?尹小跳她们母女的紧张关系缓解了吗?当然没有。

　　事实上,小女孩的死使尹小跳心里的疙瘩变成了死疙瘩,永远解不开了。千真万确,就是她尹小跳的"不作为"造成了自己的同母异父妹妹的死,这个敲在心灵之门上的问题会永远轻轻地敲着。尹小跳的自问、不安、面对深藏在她的意识的深处,会伴随她一生,也是她的人性的光辉的闪现。人,要有向前看的决心,但也要有向后看、正视过去的勇气。

谢玉娥的每一篇评论都能启发我们去读书,去关心妇女,去想问题。谢谢啦,谢玉娥!

《性别·习俗·文化——转型期
有关问题的考察备案·序》,
河南大学出版社,2011年出版

说不尽的哈姆莱特

——祝贺英国老维克剧团首次访华演出成功

它"有点像一头骆驼",不,"正像一只鼬鼠",不,"还是像一条鲸鱼"——三百多年来,关于哈姆莱特形象的评论纷纭复杂,就跟哈姆莱特所描绘的那片云的形状一样变幻不定。最早的哈姆莱特一般被理解为单纯的复仇者形象,观众通过演出并未感到后世批评家指出的犹豫等种种性格矛盾。18 世纪的哈姆莱特是理性的典范。到了 19 世纪浪漫派手中,哈姆莱特的形象才被赋予幻灭的、伤感的、冥思的、忧郁的、犹豫的种种色彩。这是从批评史的角度而言。可是对莎士比亚的理解和评论从来是在两个平面上进行的,除了书斋批评外,还有舞台上的演出。其实,我们所知道的最早的批评有不少就是针对演出的评论。后来,批评脱离了舞台,钻入书斋,字面上的分析取代了舞台上的生动形象。到了19世纪,这种批评发展到极端,英国当时的名作家兰姆以李尔王为例,提出过一个著名的论点,说莎士比亚是演不得的,好像一旦被赋予有血有肉的外形就亵渎了莎士比亚。从上世纪末开始,这种批评倾向又引来一个反动——现代戏剧家开创了在演出中恢复莎剧原始面貌的工作,这样,书斋批评中所纠缠不休的问题又都被置诸脑后。

法国著名小说家大仲马曾说,莎士比亚创造的人物非常之多,"仅次于上帝"。而在这众多的、各个都有自己的独特姿态和面貌的人物画廊中,哈姆莱特的形象是最深刻、最丰富的一个。不同时代、不同流派的批评家都在他身上看出不同的特点,使得《哈姆莱特》评论成为莎士比亚评论中数量最多的部分,据有人统计,近百年来,每十二天就有一部关于《哈姆莱特》的论著问世。尽管如此,后来者还总是感到有未尽之言,总能在哈姆莱特身上看出新的意义。

所以,正如世界各国许多文学家都要在《哈姆莱特》翻译、研究方面一显身手一样,世界名导演、名演员都要把演出《哈姆莱特》这个莎士比亚剧目中居于中心地位的作品作为自己艺术生活的一个高峰。于是,在这股持久不衰的潮流中,一个剧团的演出能不能获得成功,那就要看它能不能做出自己的解释,在塑造哈姆莱特的形象方面作出新贡献了。

最近,英国老维克剧团来我国访问演出,带来了英国戏剧的精华——《哈姆莱特》。使我们兴奋的是,他们的演出不但为我国带来了英国人民的友好情谊,而且还带来了对这个剧本的独到的理解和处理,这就使我们两国的文化交流得到了一个深刻的内容。

老维克剧团的确体现了独到的匠心。在罗伯孙先生卓越的导演和雅可比先生精湛的扮演下,哈姆莱特的形象是全面而丰富地展开的。他是王子、是儿子、是思想家、是情人、是朋友,还是战士。哈姆莱特一出场是一个痛苦交织着沉思的学者,向国王呈报要求离开宫廷回到威登堡大学,而到剧终时,他成了在战场上倒下去的战士,士兵们用礼炮为他送葬。在故事发生的短短的时间里,哈姆莱特几乎饱尝了人生的一切灾难与不幸——父王的突然逝世、叔叔的阴谋、母亲的背叛、朝臣的奸诈、朋友的出卖……一个本来充满美好理想的青年王子在一夜之间发现自己陷入"重重诡计的罗网当中"。再加上情人对他的不理解和被他的敌人所利用——哈姆莱特感到天旋地转,一切都失去理性与常规。这是《哈姆莱特》戏剧冲突的起点。雅可比先生对我说,"哈姆莱特有无限的行动能力,可就是做不到一件事",即杀死他的叔父。这个见解深刻地捉住了哈姆莱特的矛盾。因为哈姆莱特的遭遇具有深广的含义,他并不仅仅是面临杀父占母的冤仇,更重要的是他联想到了"时代整个儿脱节了",而他又没有力量重整乾坤,这正是这部今古同悲的悲剧中心。雅可比先生的表演时而慷慨,时而深沉,有时冷酷,有时又满怀深情,有时充满胜利的狂欢,有时又悲观绝望……细致入微地体现了哈姆莱特全部复杂的瞬息变化的思想感情。经过合理的删节,演出呈现一个完整的有机体,节奏很快、风格明朗,贯彻了行动的原则和积极的精神。前半部几上几下,哈姆莱特与敌人多方互相探测;后半部准备采取行动了,可又等不来十全十美的时机,在寡不敌众的斗争中,他一再落入敌人的圈套,悲壮地死去。

《哈姆莱特》没有哈姆莱特是不可想象的,可是人们又常常抛开《哈姆莱特》去谈它的中心人物。老维克剧团的演出点面兼顾,把哈姆莱特放在具体环境中,放在与他人的关系中去表现,这样不仅突出了哈姆莱特,而且同时显示了陪衬人物的特点。在这里,人物的处理都不是简单化、公式化的:波乐纽斯最容易弄成小丑,使人们忽略他毕竟是御前大臣,充满了世俗的智慧;克罗迪斯也不是舞台上脸谱化的恶棍,他有眼光、有谋略、有手段,善于抓住不同人的心理特征加以摆布利用,而同时还装得出一副堂皇气派——这就更显出哈姆莱特所面对的敌人的凶恶。葛忒露德是非常难以掌握的角色,她脆弱、糊涂,可又不是没有一点真实的感情,而纤弱的莪菲丽雅是宫廷阴谋与黑暗的牺牲品。所有这些人物以及其他人物,都处理得恰到好处,使全剧形成一个完美的整体,烘托着中心人物哈姆莱特。他的正义感、他的责任心、他那追求真理、不断探索的精神,总之他的全部精神美深深地打动着我们每一个观众,使我们的思想感情极大地丰富起来。

原载《光明时报》1979 年 11 月 23 日

悲剧英雄寇流兰
——观北京人艺演出有感

《大将军寇流兰》,在莎士比亚原作中名为《科里奥兰纳斯》。剧中主人公原名卡厄斯·马歇斯,因为打退了伏尔斯人的进攻、攻下了他们的城堡科里奥里,凯旋回到罗马后被冠以"科里奥兰纳斯"的称号,以表彰他的功勋。他还被长老院推举为罗马执政,荣耀达到顶点。他的悲剧命运也是由此演化出来的。

科里奥兰纳斯的故事发生在公元前5世纪罗马共和初期,在普鲁塔克的《罗马名人传》中有所记载。据传罗马人于公元前509年驱逐了塔克文王朝最后的代表,进入共和,实行执政官制度,实际上还是贵族掌权,城市平民和贵族的斗争时有发生,如《科》剧开始时所表现的。对于科里奥兰纳斯来说,不幸的是,恰在他被推举为执政的前夕,罗马于公元前493年设置了护民官,作为对平民的让步。于是,执政候选人科里奥兰纳斯要面对的不仅是喜怒无常的氓群,而且还有被护民官操纵的暴民。

人们常说性格就是悲剧。高傲的科里奥兰纳斯不屑于讨好那乌合之众,不肯敞开胸膛展示自己征战中留下的伤疤,以求得市民的一票,有如当前民主国家竞选中的握手和baby-kissing。他不掩饰对氓群的鄙视,不无根据地骂他们懒惰、贪婪,在战场上贪生怕死。要知道,当时罗马的市民,除了商人和手工业者外,主要是靠施舍讨生活的流氓无产阶级。总之,科里奥兰纳斯不会、也不肯违心地说"政治上正确"的话,全然不顾自己的这种态度正好授人以柄。果然,两个狡猾的护民官挑动乌合之众起来反对他、围攻他。而科里奥兰纳斯不会辩解,不会转弯,不会保护自己,不能控制自己的激愤;相反,他只图一吐为快,因而一发不可收拾。结果,他这个保卫罗马的功臣当即被宣布为"叛国者"处以死刑,后改为终身驱逐。

任何概括都难免不准确。但不妨简单地说:正如奥瑟罗毁于他的轻信,科里奥兰纳斯是毁于他的高傲。他像莎士比亚另一剧(《安东尼与克雷奥帕屈拉》)中的罗马英雄——安东尼那样:"两足横跨海洋,高举的胳膊罩临大地……"他们是顶天立地的英雄,世间的俗务都不在他们的视野里。他们可以横刀面对敌人的千军万马,可是一旦遭到了小人的暗算,顿时英雄气概全无,简直不知所措。试看台上被氓群围攻的科里奥兰纳斯,他是那样的狼狈不堪,结结巴巴连话都说不清。他的高傲,像奥赛罗的轻信一样,害的只是他自己。

性格本身的逻辑使科里奥兰纳斯在灾难的轨道上一步步滑下去。他出身显赫的贵族世家,父辈五代身居要职,对罗马作出过历史性的贡献。科里奥兰纳斯生来追求战场上的荣誉,他的母亲从来就是这样教导他的。在他的精神世界里,"罗马"与"荣誉"是统一的,这就是他唯一的道德是非标准、他存在的全部意义。而现在,用他自己的话说,"残酷猜忌的人民,得到了我们那些懦怯的贵族的默许,已经一致遗弃了我,抹煞了我一切的功绩,让那些奴才们把我轰出了罗马"。这就意味着,罗马从他的精神的天平上消失了,生活的意义消失了。科里奥兰纳斯在孤独绝望中没了主心骨,乱了方寸,陷入盲目性,只剩下"复仇的怒火"。他科里奥兰纳斯既然不能为罗马而战,那就向罗马开战吧!罗马荒谬绝伦地指控他科里奥兰纳斯为"叛国者",结果把他推上实实在在的叛国道路。科里奥兰纳斯投奔他的宿敌、伏尔斯人的将领奥菲狄乌斯的营垒。他被授以领兵权,准备与奥菲狄乌斯联手攻打罗马!至此,科里奥兰纳斯的英雄形象受到严重的贬损。

《科》剧给我们观众制造了一个悬念:科里奥兰纳斯真的会杀回罗马吗?纵观全剧总的倾向和对人物形象的塑造,我们凭直觉断定:不会的!科里奥兰纳斯不会杀回罗马的,他虽然背叛了罗马,但他毕生追求的是荣誉,而不是单纯的"赢"。我们的直觉认定,他必定会还原为英雄。人艺林兆华导演的《大将军寇流兰》把原五幕剧改编为多场景的两幕,正是抓住了主人公从英雄到"人民公敌",又从"人民公敌"还原为英雄的转变,这是戏剧冲突的焦点,全剧最核心的意义所在。那么这个悬念怎么解决呢,科里奥兰纳斯怎么转这个弯呢,他是怎么还原为英雄的?

这个还原过程是他母亲推动的。伏伦妮娅是莎士比亚戏剧中屈指可数的高贵女性形象。罗马古代社会是男权社会,推崇男性化的、贵族式的尚武精神。伏伦妮娅把天生的母性融入了罗马式的美德,宣称自己无论有几个儿子,也愿意看见他们都为罗马而光荣地战死。现在,儿子沦为"叛国者",正领兵准备攻打罗马!伏伦妮娅身负重任,前来伏尔斯人的营地,找到儿子,进行劝说。她以罗马面临的危机诉诸科里奥兰纳斯的"爱国心",儿子当然无动于衷。她又打出马歇斯家族的荣誉这张王牌,但科里奥兰纳斯铁了心啦——罗马将不复存在,家族何以依附?最后,伏伦妮娅要儿子踏过她的尸体去打罗马。这时,科里奥兰纳斯必须在复仇和孝心之间选择,其实也就是在伏尔斯人和罗马之间重新选择。科里奥兰纳斯只能选择母亲,选择回归罗马,等于第二次的背叛。这是多么痛苦的选择。看台上的科里奥兰纳斯,面部抽搐着,无奈地举起颤抖不已的右手,类似一个京剧的动作,表现出极端的痛苦与绝望,他知道这个选择意味着什么。

伏伦妮娅受托于罗马,带来一个罗马与伏尔斯人媾和的方案。对于科里奥兰纳斯来说,这意味着什么呢?一个为罗马立新功的机会?一个体面的出路?一条活路?直觉告诉我们观众:都不是。贵族妇女伏伦妮娅带来的这个方案,明明是科里奥兰纳斯迈不过去的门槛。这种兵临城下的媾和,需要像做生意似地讨价还价,需要谈判妥协,需要手腕和政治智慧。作为母亲的伏伦妮娅不是不知道,儿子有勇无谋,不善于、也不屑于玩政治,她曾目睹儿子只为少说了几句空话而白白丢了官。科里奥兰纳斯当初不会玩政治以谋取罗马执政的高位,现在更不会玩外交以保住自己的性命!更何况,伏尔斯人的大将军奥菲狄乌斯早已对科里奥兰纳斯心怀不满,哪里是几句讲和的话可以打发掉的!伏伦妮娅说服儿子答应回归罗马,这不仅使克里奥兰纳斯第二次背叛,更严重的是这无异于使儿子第二次被判处死刑。伏伦妮娅是一位真正的罗马贵族夫人,首先是罗马人,然后才是母亲。她实践了自己的宣言,宁肯儿子死,也要他回归罗马。

伏伦妮娅是有备而来的。她穿着丧服,不是为罗马——她知道科里奥兰纳斯不会拒绝她,不会拒绝拯救罗马。可是,深知儿子的她也能预料,儿子将要为此付出什么样的代价。所以她穿着丧服而来。母子共同面对的危机把《科》剧推向悲剧的高潮。伏伦妮娅前来,不是为救儿子一命,而是为恢复儿子的荣誉。科里奥兰纳斯按照母亲指引的路,以死践约。他不但必须死,而且必须死在罗马的敌人的刀下,只有如此,他才能洗清投敌的耻辱,恢复自己的罗马英雄形象。

除了这样理解,还能有别的理解吗?也许有吧。

在精神上耸立于众人之上的科里奥兰纳斯,在刚刚经过的一场撕心裂肺的思想危机并做出致命的抉择的他——会转而傻乎乎地去找伏尔斯人做和谈的交易吗?如果是,那他就不是我们知道的那个宁折不弯的悲剧英雄了。抓住"媾和"这根稻草来给自己转弯下台阶,那不符合科里奥兰纳斯性格。事情正是按照科里奥兰纳斯性格的逻辑,急转直下,奔向悲剧的终点。科里奥兰纳斯高傲、急躁,好像三言两语就能打发掉伏尔斯人,这恰好给了奥菲狄乌斯所期盼的借口。同时,科里奥兰纳斯不疑人、不防人的一贯大度又给奥菲狄乌斯以下手的机会。且看台上的科里奥兰纳斯,被刺的一瞬间,他呆立在那里,不知如何反应,然后砰然一声倒下——背信弃义的突然袭击这种行为是在他的哲学之外的!科里奥兰纳斯死于小人的突然袭击,更衬托出他的英雄气度。甚至他的敌人都受了他精神的感召,为自己的行为悔恨。奥菲狄乌斯命鼓手敲出沉重的节奏,命士兵把钢矛倒拖在地上,他要亲自给科里奥兰纳斯送葬,要给他一个光荣的葬礼。

今天看《大将军寇流兰》一剧的演出,我们已超越伏尔斯人与罗马人之争,他们之间的是是非非已无关紧要。我们可以想象,在另外一种情况下,像科里奥兰纳斯这样的大将军也有可能成功地攻打罗马,那也能演出一台戏。

不过那样,他就只能成为"赢家"而非英雄。英雄与赢家,这两者的区别有许多值得琢磨的地方。赢家可能是英雄,但也可能是奸雄,甚至是小人、恶人。奥菲狄乌斯那个小人不就是赢家吗?悲剧的天空是属于英雄的,赢家可以演喜剧、闹剧,以至丑剧,恶作剧,但若一味求"赢",把"赢"当成自己全部的天、全部的地,那于个人来说,也难免是可悲的。人艺为《大将军寇流兰》所作的简介中说该剧的演出"对于当下我们所处的社会尤其具有普遍意义"。这"普遍意义"在哪里?人艺的精彩演出不仅给了我们观众一个夜晚的兴奋与陶醉,还留下了要久久思考的问题。

原载《文汇读书周报》2008 年 2 月 13 日

"黄颜色"的联想
——看话剧《哗变》

三十年前,改革开放初期,文化生活活跃,戏剧舞台上时有外国剧目上演。根据美国作家赫曼·伍克同名小说改编的戏剧《哗变》曾引起过一阵轰动。记得演出好像是美国大使馆支持的,美国著名好莱坞演员查尔斯顿·赫斯顿应大使馆之邀来华担任该话剧的导演,演出前后还举行过座谈会。总之,在当时多彩多姿的文化背景上,《哗变》的公开演出曾是一道风景。

赫曼·伍克的小说《凯恩号哗变》于1951年出版,曾获1952年普利泽文学奖,小说原作篇幅较大,以一个初出茅庐的青年威立·吉斯在二战中服役的经历为轴心,以扫雷舰"凯恩号"在太平洋南海域的游弋为大背景,把镜头集中于扫雷舰艇内的故事。

从1943年9月到1944年底,"凯恩号"魁格舰长跟他手下的军官和士兵的关系越来越紧张:魁格不仅像个迫害狂者那样为所欲为,与官兵为难,而且他贪生怕死,在扫雷的危险面前手足无措、指挥失误、掉头逃跑。更严重的是,魁格在舰艇遇到台风的危急时刻仍然漫不经心、无所作为,于是他的副手马立克忍无可忍,为了挽救扫雷舰及舰上的几十个官兵而毅然夺了魁格的权,自己亲自指挥扫雷舰,转危为安,还营救了兄弟舰上落水的官兵。

尽管如此,马立克仍按哗变罪被海军起诉,必须在军事法庭接受审判。根据小说改编的话剧原名《凯恩号哗变的军事审判》,汉译简化为《哗变》,该剧于1954年在纽约百老汇上演,获得巨大成功,继而改编为电影,由著名影星亨佛利·伯加特主演,也是50年代的一部经典电影。

在北京首都剧场的演出中,《哗变》一剧大幕拉开,最惹眼的是满台单一的黑色,海军军官制服的颜色,没有调剂,没有变化。这种单调促使我对颜色注意起来。因此,当辩护律师格林渥向原告魁格冷不防提出"黄色染料"事件时,"黄色"一词在我脑子里狠狠敲了一下,引起一串反响。黄色,黄色?在英语中,黄色是胆小鬼懦夫的颜色。魁格舰长麾下的"凯恩号"护送一队小艇向太平洋的一个日本海岛进攻时,进入日本海域后未达到指定的距离就急忙掉头,只抛下黄色染料作为标志。海面上漂浮的黄色宣告了魁格舰长的贪生怕死。显而易见,魁格舰长身上沾染了这不光彩的黄色。庭审中还透露,他的下属给他起了"黄色染料"的绰号,这个信息再次向观众强调了魁格的"黄"。

在台上所进行的这场不寻常的审判中,辩护律师格林渥抛出"黄色染料"事件,给了原告方的海军以致命的一击,为他自己所代表的被告马立克的胜诉打下基础。同时,法庭上第一个回合中所突出的黄颜色,好像一束照明光,一种提示,帮我们从"黄"的角度去理解这出戏。

正如我们在外国电影里常看到的,西方基督教国家的法庭上作证,要以《圣经》起誓:"说真话,说出全部真话,除真话而别无其他。"这在法庭上往往流于形式。但在我面前的这个军事法庭上,这个起誓是戏的一部分。虽然不过是举起右手说一句"我起誓",但每个起誓者的姿势、神态都略有不同,在台上郑重其事地重复,使空洞的仪式变成一种意味深长的暗示,好像是一次又一次地向我们提问:他们都在说真话吗?都在说出全部的真话而别无其他吗?正是因为有了"黄"的提示,我们用"黄"去检测庭上证人的证词,我们会发现,没有一个人做到"说真话、说出全部真话,除真话而别无其他"。他们都做不到,所有的人,原告、被告、证人、律师,都沾染了不光彩的黄颜色。

于是,台上庄严的庭审成了一个个证人在发誓后便撒谎的表演。

在美国海军军事法庭这次开庭审判中,被告是"凯恩号"舰长的副手马立克。根据美国海军军章第184、185、186条款,在确认舰长精神错乱、失去指挥能力的情况下,下级可以解除上级的权力,代行其职。"凯恩号"事件中,马立克的行为是否构成"哗变",取决于他能否证明魁格舰长精神错乱,这是他唯一的一根救命稻草,因为按照军规,没有任何别的理由可以使他免于"哗变"的罪名。

首先,出庭作证的几位医学专家显然站在控方一边,搬出专业词汇,故弄玄虚,企图证明魁格舰长是天下最理性的人。魁格舰长经过一番包装,亲自出庭,断然否定辩方律师所搜集到的有关他的种种劣迹的证据。

被告马立克出庭作证,他把自己的辩护集中于一点上,即魁格在台风袭击的那一刻精神失常,因此他必须代行舰长职务。出于辩护的策略,马立克听律师的话,独揽全部责任,否认受任何人的影响。

下级军官威立·吉斯以自己切身的体会知道魁格的问题是狂暴,而不是精神失常,可是为支持马立克,他只能咬定魁格舰长在台风中精神失常。

通讯官基佛是知识分子,业余时间写小说。他广泛涉猎心理学、精神病理学方面的著作,并经常把自己的一知半解灌输给马立克,想方设法向后者证明,魁格船长已经疯啦!他还告诉马立克海军军规中有关哗变的条款。基佛千真万确是在挑唆马立克举行哗变。可是现在当庭作证,基佛把自己的责任推得一干二净,好像他跟马立克的行动(不论构成哗变与否)没有任何关系。

通过第一部分的庭审,天平倾斜于魁格舰长。可是轮到辩方格林渥律师的提问时间,天平又向相反方向倾斜了。格林渥律师明知魁格的问题不是精神失常、明知马立克和他的战友威立·吉斯都不认为魁格精神失常,但为了替马立克做无罪辩护,他只能咬定魁格发疯了。格林渥律师当庭问魁格船长一些挑衅性的问题,让他暴露自己。"若要人灭亡,先让他发狂。"律师格林渥从精神上折磨魁格,侵犯他的内心,利用魁格性格的弱点激怒他,让他失去自制,情绪失控,完全像个疯子。最后格林渥律师达到目的,为马立克赢得了"无罪"的宣判。

其实,格林渥律师只不过让魁格船长当众展览了他性格中的自私、愚钝、怯懦、无能、刻薄、恶毒、无赖、霸道、狂暴。他没有做到证明魁格已经精神失常,而根据海军军规,只有舰长精神失常他的副手才有权解除他的职务。然而,在格林渥律师秋风扫落叶般的辩才席卷之下,不仅魁格不知所措,法庭上的陪审团也被他征服,甚至观众也好像中了格林渥的魔法,在感情上被他左右、与他认同。他是舞台的中心,胜利的英雄,那时间有几个人会停下来想想,他取得胜利的手段是否正当?这样的无罪宣判是不是破坏了军规?

格林渥自己心里最明白,他知道他的辩护是建立在一个谎言上。他放走了基佛——哗变的幕后挑唆者,没有维护军法的尊严。对于律师格林渥来说,法庭上的胜利是道义上的失败。他自知身上也沾染了不光彩的黄颜色。因此当别人庆祝胜利时他借酒发泄一肚子的邪火。欢庆胜利的宴会是他报复的机会。在宴会上,他当众揭穿了基佛的真面目,作为告别,无限鄙夷地把杯中的酒泼在基佛的脸上——"黄色的酒"。在演出中,导演加上了一个原作中没有的动作:格林渥从巨型喜庆蛋糕上抓起一把奶油——黄色的奶油——抹到基佛的脸上,说:"你永远洗不掉脸上这块黄颜色!"

至于格林渥律师与魁格船长之间的是非恩怨,那场较量的意义远远超过一场官司的输赢。格林渥是把魁格当做"权威"的象征加以质询的。作为军人,格林渥对魁格有理解与尊敬——毕竟是他们这批职业军人保卫了国家,何况格林渥是犹太人,他时刻不忘是盟军把犹太人从希特勒的集中营解救出来,这是大是大非。可是具体到个人,对于象征"权威"的魁格,格林渥无情地揭示了他的内心虚弱、他的不称职,甚至缺乏职业道德。导演赫斯顿先生曾说全剧提出了"向权威挑战的问题"。在格林渥的追问下,魁格船长好像一丝不挂地被展示在观众面前,有助于人们对上述问题进行思考。

《哗变》以黄色染料开始,以洗不掉的黄色印记告终,耐人寻味。脸上耻辱的印记?它在记忆中勾起多么熟悉的画面!是《圣经》!是《旧约·创世纪》中的该隐。该隐杀死自己的胞弟亚伯,上帝不杀他,却在他脸上打下了耻辱的印记,他从此成为被世人唾弃的被放逐者。而幕后挑唆者基佛,正如格林渥所宣告,永远不能从自己的脸上抹掉他耻辱的黄色印记。原小说中交代,基佛后来升任舰长,但凯恩号上的这段历史一直跟着他。基佛是向自己的兄弟——魁格、马立克——下毒手的该隐。

但是《哗变》中《圣经》的隐喻不止于基佛的形象塑造。"凯恩号"的命名——Caine 本身就暗喻该隐(Cain),二者之间只有一个字母之差。原小说中说破二者的关系,指出"凯恩号"是"一艘被放逐的船,由被放逐者驾驭着,并以人类第一号的被放逐者命名"。好像怕这还不够明白,书中还通过人物之口交代说,这一个字母之差是个小小的烟幕,使二者的关系比较隐蔽,给人留下琢磨的余地。

在指明"凯恩"与该隐的关系的引文之后,书中写道,支持马立克的下级军官凯恩接茬说:"我们都是为自己的罪而被放逐的。""什么罪呢?"有人问。回答是"罪是相对的"。这样,借用《圣经》典故,"凯恩号"上发生的一切就被赋予了更深刻更丰富的含义,由一次哗变的理不清的是非而提出了全人类的道德困惑:我们自己有没有沾染黄颜色?基佛后来成为小说家,他在船上断断续续写的那本小说的名字是《人海,人海》,得自《旧约·约珥书》3:15。该段上下文讲到耶和华将对犯罪的人降灾,与《创世纪》中该隐的典故相呼应,深化了《哗变》所提出的问题。

原载《哗变》,文化艺术出版社 1988 年出版

爱玛的想象

想象,它到底是什么?写过一点外国文学评论的我,也说过什么什么"充满奇妙的想象……"其实自己不懂,说了跟没说一样。读者(如果有的话)看了也跟没看一样。

今春到美国探亲,跟孙女儿玩,突然间好像看到想象这个奇妙的东西在我眼前运作。

退休后我每年去美国,在儿子、媳妇家小住,主要是跟孙女儿玩。

2006年秋,爱玛(中文名柳一村)三岁。她们一家住在中部欧马哈市的郊区。白天爸爸妈妈上班,爱玛上日托。可是我们祖孙俩总能找到时间一起玩。

我从来不会哄孩子。年轻时买菜、做饭、洗衣、拖地,忙得喘不过气,何况总得偷空看点书,否则怎么在研究所存身。孩子好像是自己长大的,我没有带他们玩的记忆。

我是一个既没有做好本职工作,又不会玩的人。

现在跟孙女儿玩什么呢?讲故事吧,"乌鸦与狐狸"、"龟兔赛跑"、"狼来啦!"等等。爱玛要我一遍一遍地讲,如果漏掉一个细节(如兔子是在树下睡觉)或前后不一致(如一说乌鸦衔着奶酪,又说衔着饼干),爱玛就不答应,一定要澄清、订正。即使有了订正版,爱玛还是百听不厌,好像我是说书先生,在给她表演,而她眯起眼睛、面带微笑,忘我地享受着。

后来我讲长一点的故事,"睡美人"、"白雪公主"、"奇幻森林历险记"等,都是我六十多年前在教会学校住校时读的,现在从遥远记忆的旮旯里翻出来,轮廓模糊、有头无尾。爱玛怎么磨、怎么逼,我也讲不全。就连"奇幻森林历险记"这个题目我都忘了,还是托老友倪乐查出来的。

2007年春,我又去探亲。儿子、媳妇搬到密执安州的大湖区。爱玛三岁半了。除了自己的卧室她还有游乐室和"私人藏书"。她有了更多的玩法:穿上芭蕾紧身衣和舞鞋自得其乐地在屋子里转圈,后腰绑上一块泡沫塑料在游泳池里扑腾……至于球类,爱玛怕我没见识,拿起一个高尔夫球告诉我:"奶奶,注意,这不是篮球!"

尽管花样多了,本事大了,爱玛还是喜欢故事。我半年前讲的故事她一点儿也没有忘。不过,现在她不满足于听"说书",她要把那些故事活灵活现地演出来。舞台就是她们家的客厅,演员就是我们俩。

演乌鸦和狐狸好办。爱玛站在楼梯口,嘴里衔着小零食;我站在楼下,扮演狐狸伸着脖子甜言蜜语,逗乌鸦开口。

演龟兔赛跑就麻烦啦。我腿脚不灵,正准备接受手术,只能慢慢往前挪。"龟子的角色我包了",我说。爱玛不干:"凭什么总是你赢?"那好吧,轮流坐庄。该我当兔子了,我勉强跨大步向前走,算是跑。爱玛叫停。"那也叫跑?!兔子后腿长,要高高抬起,往前跳!"她做给我看。那不是叫我骨折吗?幸好兔子跑不了几步就睡觉去了。

爱玛的兴头从独幕剧发展到多场景的大型演出。演员不够,爱玛把平时已不大玩的娃娃和填充动物都翻出来,摆满了一客厅,从中挑选演员,准备上演"睡美人"。一对熊充当国王和王后,一个 Barbie 娃娃当公主,一个玩具兵当王子。爱玛属马,家里有不少大小玩具马,随便抄来一个就是"白马"。两个老鼠玩具,一个当好仙教母,一个当坏女巫。其余一堆动物充当前来祝贺公主诞生的宾客。我和爱玛分别给这些角色配音,反正都听她的。

有一次,我实在累了,一头扎在沙发上,说"干脆我当睡美人吧!""那不行,你太丑啦!"人家爱玛实话实说,没有恶意。我只好坐起来,听指挥。

现在她也不拘泥于"正版"了,在细节上随意发挥。国王和王后在宫里(沙发椅子)走来走去,说"救女儿的白马王子怎么还不来呀?"爱玛手捧骑马的王子在客厅里绕一圈,算是王子从天而降。她把王子和公主的头"唪唪"

碰两下,自己抿起嘴巴发出"Mmm-"的声音,算是接吻。我趁此赶紧宣布闭幕:"And they lived happily ever after!"爱玛眼睛一瞪:"坏女巫呢?让她跑吗?"于是加演坏女巫破坏婚礼的一场戏:"我不是叫你永远睡觉吗?你怎么起来啦?哼!"爱玛一边配音一边拨打911(她有玩具电话)。警察,一个螃蟹玩具来了,把坏女巫抓去坐牢,爱玛满意了。

《奇幻森林历险记》我只记得一个开头:小哥哥Hansel和妹妹Gretel被坏继母打发到森林里去。他们掰碎面包,撒了一路,想凭面包屑找回家。除此之外,我什么都不记得了。可是这难不倒爱玛。她扮演哥哥,一路走,一路大声说:"小鸟儿,别吃我们的面包,我们靠它回家哩!"她这是哪儿来的词儿呀?我们就一路撕纸、撒纸屑,在屋里转来转去,算是在森林里迷路。后来呢?爱玛把一个比自己高半头的玩具熊立在客厅的玻璃门前,算是森林深处的一只熊。爱玛给我介绍说:"它叫伤心熊,Sad bear,因为没有朋友跟它玩。"我们陪伤心熊玩耍,开party。我说:"天黑了,咱们回家吧。"爱玛竖起食指,悄悄说:"伤心熊丢了它的宠物猫,正伤心哩!"我们在"森林"又转了几圈。爱玛抓起一个玩具动物,算是找回了熊的宠物猫。可以回家了吧?爱玛又竖起食指:"伤心熊有二十八只猫哩,都丢啦!"这回我死活不干,爱玛只好领着我,踩着一地的纸屑回家。到家爱玛眼睛一瞪,又想起了什么:"坏继母!不能让她跑了!"又是拨打911。螃蟹警察把坏继母抓去,跟坏女巫一起坐牢。我已精疲力竭,总算盼到闭幕了。爱玛却突然发问:"What about happily ever after?"我傻眼了,干吗每次都要 happily ever after?爱玛眼睛一亮,抓起一个笑面娃娃,自问自答起来:"啊呀,真妈妈回来啦!——妈妈,你到哪里去啦?——噢,我去超市买点东西。"爱玛终于给我们的演出画上了一个"happily ever after"的句号。

后来,爱玛时不时地拽着我举办演出。细节和台词她随心所欲地改动,但总不离那平添的伤心熊和它那二十八只猫、被警察抓走的坏女巫和坏继母,以及从超市回来的真妈妈。

小孙女 Emma 被 Kalamazoo 公共图书馆选为读书"模特"

很多年前,我在哪里读过一篇文章,说人分两种:有想象力的和没有想象力的,说前者会少犯罪、少伤害人,因为他的想象力会描绘受害者的痛苦,使他感同身受而下不去手去伤害别人。反之,文中说,没有想象力的愚钝之辈只被低级冲动驱使而加害于人,完全想象不出别人的痛苦。文中大力提倡激发人们的想象力,尤其是儿童,使世界更美好。我当时感到很新鲜,但又觉得,这不是拿发挥想象取代思想改造?我没敢想下去,时间长就忘了。

现在,我很快又要去美国探亲了。对于我,更现实的问题是,带什么礼物给爱玛,怎么去面对伤心熊和它那二十八只猫?

原载《文汇读书周报》2009 年 7 月 8 日

跋

以下见老夫子柳鸣九的短文

家音一则

老夫人从美国归来。

"世界上最重要的消息是什么?"老头子问。对老头子来说,只有小蛮女的消息才算得上是最重要的消息。那三岁多的小孙女几乎就是他的全部世界。

老夫人应声讲述一则。老头子听着大笑,笑得傻呵呵,回味无穷,特记录以自娱。以下祖孙二人对话,全系英语,盖因小蛮女从来就生活在异国他乡。仅为与国人分享,故译录为中文也。

老夫人探亲,来到了在美国的儿子家。小蛮女见老夫人进门,应妈妈之命,叫了一声"奶奶"。奶奶坐下,把小孙女搂在自己的怀里。

阔别了半年多,看来小蛮女对奶奶似乎记不大清了。她用那双亮晶晶的眼睛盯着奶奶,瞧瞧这儿,瞧瞧哪儿。

"奶奶,你脸上有黑斑(You have spots)。我爸爸妈妈的脸上没有,我的脸上也没有……奶奶,你是不是很丑很丑(Grandma, are you very ugly)?"

"是呀,我的小一村,奶奶很丑。"小蛮女的中文芳名叫柳一村。

小蛮女继续观察,眼光从奶奶脸上移到脚部,发现了老太太脚上的灰趾甲:

"奶奶,你的脚趾甲不好看(Your feet are ugly)。你瞧我的……"说着把袜子拽下来,露出一双粉嫩的玉足,一排脚趾甲光泽发亮。"你再看,"小蛮女伸出一双肉包子似的小手,指甲也是光泽发亮。

"小孙女,你是个小天使,你哪儿都好看。"

"奶奶,你是不是很老很老呀(Grandma, are you very old)?"

"是呀,我很老很老啦,我的小一村。"老夫人答道。

"奶奶,你是不是很穷很穷呀(Are you very poor)?"小蛮女接着问。没有自己的楼房,要住到她和爸爸妈妈的楼房里来,一定很穷。

"是的,我很穷很穷,我的小孙女。"老太太这么回答。

"你又老,又丑,又穷……唉,我可怜的奶奶呀(You are old, and ugly, and poor. My poor, poor Grandma...)"说着,她伸出两只小手紧紧地搂住奶奶的脖子,把脑袋往老太太的怀里一偎,靠在那里一动也不动……

2006 年 11 月

1981 年,柳鸣九赴美探亲,共游瓦尔登湖

录至此,我不由得想起 60 年代我跟卞之琳先生的一次对话。那是我们师生之间唯一一次涉及个人生活的聊天儿。他说:"朱虹,从我认识你的那一天(当时我上大二,未满十七岁!)你就没有年轻过。但愿你老了也不要老得太快!"托卞先生的吉言,我现在虽然"又老,又丑,又穷……"但我快乐。想起那些帮助过我,那些对我有善意的人们,我懂得了感恩,因此我快乐。

还要感谢南师大出版社给我机会。平时忙忙碌碌的,不大想自己是怎么回事。

2012年2月7日——妞妞的生日

图书在版编目(CIP)数据

爱玛的想象:读书·写作·哄孩子/朱虹著. —南京:南京师范大学出版社,2012.4
(郁金香书系)
ISBN 978-7-5651-0642-2

Ⅰ.①爱… Ⅱ.①朱… Ⅲ.①散文集－中国－当代 Ⅳ.I267

中国版本图书馆 CIP 数据核字(2012)第 001168 号

书　　名	爱玛的想象——读书·写作·哄孩子
作　　者	朱　虹
责任编辑	向　磊
出版发行	南京师范大学出版社
地　　址	江苏省南京市宁海路 122 号(邮编:210097)
电　　话	(025)83598077(传真)　83598412(营销部)
	83598297(邮购部)
网　　址	http://www.njnup.com
电子信箱	nspzbb@163.com
照　　排	南京理工大学印刷照排中心
印　　刷	江苏凤凰扬州鑫华印刷有限公司
开　　本	850 毫米×1168 毫米　1/32
印　　张	7.375
字　　数	141 千
版　　次	2012 年 4 月第 1 版　2012 年 4 月第 1 次印刷
印　　数	1—3 600 册
书　　号	ISBN 978-7-5651-0642-2
定　　价	22.00 元

出 版 人　彭志斌

南京师大版图书若有印装问题请与销售商调换
版权所有　侵犯必究